溺愛したりない。
～イケメン不良くんの容赦ない愛し方～

＊あいら＊

STARTS
スターツ出版株式会社

イラスト／朝海たいこ

悪評が絶(た)えない不良のはずが……。
「な、俺のにしていい？」
ひとりの女子生徒にご執心(しゅうしん)？
「な、こっち見ろ。可愛い顔見せろって」

クールな超絶美形不良 × 真面目な地味美少女

噂(うわさ)で聞いていた彼は、怖い人のはずなのに……
「泣いている顔も可愛いけど、泣かせたくない」
ふたりきりの時に見せる顔は、
いつだって甘くて優しい。

「そろそろ限界。
俺、もうどうにかなりそうなんだって」

ドロ甘な溺愛(できあい)は限りなく与えられる。
もう、いっぱいいっぱいです。

「……足りない。もっと愛させろ」

＼ 容赦(ようしゃ)ないドロ甘学園ラブ ／

玉井真綾（たまい まあや）

真面目でまっすぐな性格の女の子。地味な格好をしているけれど、メガネを外すととっても可愛い、隠れ美少女。目立つことと怖い人が苦手なのに、なぜか獅夜に気に入られちゃって…!?

岩尾（いわお）

真綾の幼なじみ。見た目は好青年ですごくモテるが、真綾にだけはいじわるばかりしてくる。

獅夜高良

綺麗な金髪とモデルのようなスタイル、芸能人級の容姿をもつ、学校一有名な不良。初対面の真綾に突然キスしたと思ったら、「可愛い」「好き」と、真綾を毎日溺愛するように。

怜良

レディースの総長で女優のような美貌の持ち主。獅夜と何か関係があるようで…？

☆contents

episode ＊ 03

episode ＊ 04

特別書き下ろし番外編

プロローグ

　地味にひっそりと、静かに生きていきたいって思ってた。
　はずなのに……。
「お前、可愛いな」
　私に向けられるべきではない言葉と、唇(くちびる)の感触。
　神様、これは一体どういう状況ですかっ……。
【溺愛したりない。～イケメン不良くんの容赦ない愛し方～】

episode＊01

ファーストキス

朝。学校に着いてから、まっすぐに教室へ向かう。

小走りで廊下を進んでいると、すれ違う人にぶつかってしまった。

「きゃっ……ご、ごめんなさい……！」

頭を下げて、逃げるように走る。

「今の誰？」

「うちの学年にあんな女子いたっけ？」

「あー、１組の委員長でしょ。超真面目で、いっつも首席の子じゃん。地味すぎて、存在感薄いけど……」

私の名前は玉井真綾(たまいまあや)。

どこにでもいる地味な女子高生。

趣味は勉強と読書。好きなものは甘いスイーツと猫。苦手なのは、目立つことと……怖い人。

教室に着いて、キョロキョロと中を見渡す。

“彼”がいないことを確認して、安堵(あんど)の息を吐いた。

よかった……。

「獅夜(しや)くん、今日も学校来てないね～」

安心して席についたのもつかの間、隣(となり)の女の子の発言にびくりと肩(かた)が跳ねた。

「獅夜くんは滅多に来ないよ、不良だもん」

“獅夜くん”。それは、私のクラスメイトであり……校内でも有名な不良さん。

今の私の、一番の悩みのタネ。

ちなみに、獅夜さんが有名なのは不良だからではなく、彼のルックスに理由がある。

ハーフらしく、綺麗な金色の髪に、高身長でモデルのようなスタイルのよさ。芸能人並みの美しい顔立ち。

女子生徒の人気を一身に集めている彼だけど、授業はサボってばかりで教室には来ておらず、私も数日前までは顔も知らなかった。

それに、私みたいな地味な人間は、一生関わることのない人だって思っていたんだ。

そんな彼が私の悩みのタネになったのは、顔も知らなかった彼を初めて見た２日前。

あれは……放課後、ひとりで教室に残っていた時だった。

その日は先生に頼まれて、雑用をしていた。数学のプリントをまとめる、簡単な仕事。

よーし、終わった……。

すぐに作業を終わらせて、職員室にいる先生に提出するためにプリントの山を抱えて教室を出た。

……時だった。

「わっ……！」

誰かとぶつかって、尻(しり)もちをついた。

いたた……。

あっ……プリントが……。

床に無残に散らばったプリントたち。急いで拾わなきゃと思ったけど、ぶつかった人に謝るのが先だ。
　立ち上がって頭を下げる。
「あの、ごめんなさいっ……！」
　顔を上げると、私の視界に映ったのは──目を疑うほど綺麗な、男の人だった。
　わっ……キラキラ……。
　眩しい、金色の髪。金色の……え？
　金髪……ってことは、ヤ、ヤンキーさん……！？
　一瞬そう思ったけれど、彼の容姿を見て考えを改めた。
　この人……すごく綺麗な人……ハーフ……かな？
　もしかしたら、金髪は地毛かもしれない。というか、こんな綺麗な人、いたっけ……？
　じーっと、つい彼に見入ってしまう。
　この高校の制服を着ているから、ここの生徒だとは思うけど……。
　そこまで考えて、私はハッとした。
　わかった……この人、獅夜さんだ。
　私のクラスに、ひとりだけ不登校の不良さんがいる。
　獅夜高良さんという人で、よく女の子が話をしている人。
　金髪で、芸能人並みのルックスの人だと言っていた。
　……って、つまりやっぱりヤンキーさんだっ……！
　とんでもない人にぶつかってしまった……こ、殺される……！
「あ、あの、本当にごめんなさい……！」
　もう一度深く頭を下げて謝ったけど、彼は何も言葉を発しない。
　不安になって恐る恐る彼のほうを見ると、じいっと私を見つめていた。
　な、なんだろうっ……やっぱり、殴られるっ……。
「お前……」
　吸い込まれそうな、綺麗な瞳。
　瞳だけじゃない……私の視界に映っているこの人は、本当に現実の人……？
　そう疑いそうなほど、ただただ美しい目の前の彼。
「可愛いな」
　今、なんて言った……？
　とても彼が口にするとは思えない言葉が、聞こえた気がする。
　いや、幻聴に違いない。
　こんなにもかっこいい人が、私のことを可愛いなんて血迷ったことを言うはずがないから。
　私が聞き間違えたんだと思って首をかしげると、彼の綺麗な顔が近づいてきた。
　気づいた時には、彼との距離がなくなっていて……つまり……。
　――ファーストキスを、奪われてしまった。

　あのあとのことは、よく覚えてない。
　彼が散らばったプリントを拾ってくれて、それを渡してくれて……何か言いたげな獅夜さんから逃げるように、職

員室に向かった。

今でも、あれは夢だったのかなと思うけど……はっきりと覚えている唇の感触。

翌日、獅夜さんはいつも通り学校には来なかったし、あれ以来会ってはいないけど……できることならこのまま会いたくない。

というか、獅夜さんはどうして私なんかにキ……キスを、したんだろう……。

考えれば考えるほど、わからなかった。

彼みたいな魅力的な人が、私にあんなことをした理由が。

「はぁ～、獅夜くん来てくれないかなぁ」

隣の女の子たちは、引き続き獅夜くんの話で盛り上がっている。

「あたしたちの目の保養なのに～」

「でも、いても近づけないじゃん！　獅夜くん女嫌いって有名だし！」

え……？

女嫌い……？

「声かけたら睨(にら)まれるらしいよ？　女子は近づいただけで殺されるって」

ぶ、物騒っ……。

というか、そんなはずは……だって、半径10メートルどころか、私に……。

思い出すだけで、恥ずかしくて顔が熱くなる。

「獅夜くんの彼女になりたくてみんな必死だけど、全(まった)く相手にされないんだって。この前なんて川端(かわばた)さんの告白ガン無視したらしい」

川端さんとは、校内のマドンナと言われ、モデル活動もしている超絶美少女だ。

そんな相手からの告白を、無視……？

どうしよう……ますます獅夜さんのことがわからなくなってきた……。

もしかして、趣味が変な人だとか……？

それなら、私にあんなことをしたのも納得だ。

「難攻不落(なんこうふらく)すぎるよね……」

「クールだし、何考えてるかわからないし……」

「でも、そこがかっこいいよね」

「「「だよね〜」」」

楽しそうに、盛り上がっている女の子たち。

本当に、イケメンだったから……女の子たちがここまで騒ぐのも無理はない。

……と、とにかく、あの日の出来事は忘れよう……。

本当に夢だったかもしれないし……考えても仕方ないっ……。

記憶を抹消(まっしょう)しようと思った時だった。

「おーい、委員長いるか〜？」

担任の先生が教室に入ってきて、名前を呼ばれた。

「は、はいっ……！」

なんだろう……？

急いで立ち上がって、先生の元に走る。

委員長をしていることもあって、先生に頼み事をされることは多いけど……ＨＲ（ホームルーム）が始まる前にわざわざ教室まで来るなんて、何かあったのかな……？

私が何かしでかしたとか……。

「悪いな、急に呼んで」

「い、いえ」

先生は、私を教室の中から連れ出して、人目につきにくい廊下の影へ移動した。

「実はな、頼みがあるんだ」

頼み……悪い話じゃないみたいで、よかった……。

そう、安心したのもつかの間だった。

「今日の放課後から、獅夜の補習を見てやってくれないか？」

「……え？」

獅夜さんの、補習……？

わ、私が……!?

セカンドキス

「今日の放課後から、獅夜の補習を見てやってくれないか？」
「……え？」
　私が……獅夜さんの、補習を？
「む、無理です……！」
　先生からの頼み事は基本的に予定がない限り引き受けているけど、こればかりは無理だ。
　多分、私が学級委員長で、勉強が好きだから頼まれたんだろうけど……私が見るってことは、獅夜さんとふたりきりってことだ。
　あんなことがあったのに、ふたりきりなんて気まずすぎるっ……。
「そうか……」
　先生が、困ったように息をついた。
「あいつ、委員長じゃないと補習を受けないって言うんだよ……」
「え……？」
　どういうこと……？
　先生が私に頼んできたんじゃなくて、獅夜さんが先生に頼んだのかな……？
「委員長が教えてくれるなら受けるんだと。お前たち、知り合いだったのか？」

「い、いえ……」
　そんな事実はないから、ブンブンと首を横に振って否定した。
　私と獅夜さんは、あの日初対面だったはず……。
「あの、補習っていうのは、中間のですか？」
　気になって、そう聞いた。
　今は２学期の中間テストが終わった時期。私は補習を受けたことはないけど、中間テストでも補習があったんだ。
　てっきり、学期末に行われるものだと思ってた。
「ああ、中間の補習だよ。あいつ、１学期の中間と期末もテストを欠席して補習だったんだが、受けなかったんだよ」
　そ、そうだったんだ……。
　確かに、テストの日も獅夜さんは欠席だった気がする……。
　というか、まともに教室にいる姿を見たことはない。
「今回もテストを受けなかったら、留年確定だろうな……」
　えっ……留年……？
　まだ１年の２学期なのに……。
　困ったように、ため息をついた担任の先生。
「だからなんとかして出席させようとしたんだが……あいつが、玉井真綾が見てくれるなら受けるって言い出して……」
　先生から聞かされた事実に、驚いた。
　どうして私の名前を出したのかは、わからないけど……。
「……わかりました……」

　こんな話を聞かされたら、無理ですなんて言ってられない……。

　先生が、目を輝かせて私を見た。

「いいのか？」

　本当は怖いし、気まずいからできれば会いたくはなかったけど……獅夜さんを見放すことはできなかった。

「クラスメイトが留年になるのは、悲しいので……」

　せっかく同じクラスになれたんだし、留年になったらきっと獅夜さんのご両親だって悲しむ。

　私が補習を見ることで、留年を回避できるなら……力になりたい。

　で、でもやっぱり、獅夜さんのことは怖いっ……。

「さすが委員長……！　頼んだ！」

　満面の笑顔で、肩を叩いてきた先生。

　本当にこの選択が正しかったのかな……と、少しだけ後悔したのは内緒だ。

　つ、ついに、放課後になってしまった……。

　今日は授業中もずっと、上の空だった。

　放課後を迎えるのが怖くて、こんなに時間が経つのを恐れたのは初めてだ。

　でも、時間は過ぎゆくもので……。

　私は今、補習室の前にいる。

　補習は私たちが使っている教室ではなく、移動教室として使われている空き教室で行われるらしく、先生に言われた教室へとやってきた。

　というか、獅夜さんはもう来てるのかな……？

　今日も、授業を欠席していた獅夜さん。

　補習があるから今日は来るのかなと思っていたけど、姿を見せることはなかった。

　もしかしたら補習にも来ないんじゃ……と、半信半疑で教室の扉に手をかけた。

　恐る恐る扉を引いて、教室の中を覗き込む。

「あっ……」

　い、いたっ……。

　空き教室の一番後ろ。特等席と言われている席に座っている獅夜さん。

　日の光に照らされて、綺麗な金色の髪が輝いていた。

　私の声が聞こえたのか、獅夜さんがこっちを見た。

　透き通った水色の瞳が、私を映す。

「来た、まーや」

　私を見て、獅夜さんは嬉しそうに笑った。

「えっ……」

　あまりに無邪気な笑顔に、胸がきゅんと音を立てた。

　これは不可抗力だと言いたい。こんなにもかっこいい人が笑ったら、誰だってときめいてしまう。

　というか、まーやって……。

　驚いて、獅夜さんを見たまま固まってしまう。

「ん？」

　不思議そうに首をかしげた獅夜さんを見て、ハッと我に返った。
「あ、あの、私の名前……」
　先生に頼まれた時も思ったけど……どうして知ってるんだろう……？
「あー、調べた。玉井真綾」
　フルネームで呼ばれて、それだけのことなのに、心臓がまた跳ね上がる。
「まーやって呼びたい。いい？」
　身長が高いから、威圧(いあつ)的に見えてしまう獅夜さん。そんな彼が、私と視線を合わせるようにかがみながら、そう聞いてくる。
　甘えるような聞き方に、言葉が詰(つ)まった。
「俺のことは高良って呼んで」
　し、下の名前で？
　そんな、無理だよっ……。
「呼んでみて、ほら」
　優しい声で催促されて、断りきれずゆっくりと口を開く。
「た、高良、さん」
「さん付けはダメ。よそよそしいだろ」
　で、でもっ……。
「男の子を名前呼びしたことがないので、急には……」
　恥ずかしいし、慣れない……。
「え？　俺が初めて？」
　どこに驚いたのか、獅夜さんは目を見開いて嬉しそうな顔をしている。

　喜ぶポイントがわからなくて、ますます困惑した。
　私は親しい異性の友達はおろか、同性の友達すらいなかったから、名前で呼び合うような男の子はいない。
「はい……あの、高良くんじゃダメですか……？」
　今の私には、くん付けが限界……。
　じっと獅夜さんを見ると、また嬉しそうに笑った。
「可愛いから許す」
「……っ」
　か、可愛いって……。
　やっぱり、あれは幻聴じゃなかったの……？
『お前、可愛いな』
　男の子から言われたことのないセリフに、恥ずかしくてたまらなくなる。
　私が可愛くないことくらい私が一番わかっているけど、慣れてないからどう反応すればいいのかもわからなかった。
「あ、あの、補習しましょうっ……」
　話題を変えたくて、はぐらかすようにそう言った。
「補習すんの？」
「も、もちろんです……！」
　今日は、そのために来たんだっ……。
　獅夜さん……じゃなくて、高良くんは、不満そうに眉をひそめた。
「せっかくまーやといんのに、時間もったいない」
　せっかくって……。高良くんは、一体何を考えているんだろうっ……？

私を指名した理由も、可愛いなんて血迷ったことを言う理由も、何もかもがわからない。

もしかして、からかわれてる……？

そう思ったけど、高良くんみたいな人がわざわざ私をからかう理由もわからない。

もうわからないことだらけで、頭がパンクしちゃいそう。

と、とにかく、補習を始めよう……！

私は高良くんの留年を回避するために、先生に頼まれたんだから……！

「こ、このプリントを終わらせるだけです。補習の時間は２時間あるので、ゆっくりで大丈夫ですよ」

席について、高良くんにプリントを渡した。

小テスト形式になっているプリント。今日から毎日渡されるプリントの問題を解いて、提出する。中間の補習はテストはないみたいで、プリントを提出するだけでクリアできるみたい。

後半は難しい問題が多いけど、テストがないだけずいぶんマシだ。

高良くんはプリントを見て、不思議そうにしていた。

「補習ってこれだけ？　じゃあ、すぐに終わらせるから待ってて」

「え……？」

すぐに終わらせるって……。

わからないところを私が教えるために来たけど、高良くんはひとりでできるような言い方だった。
「あ、あの、わからないところがあったら聞いてください」
「ありがと」
　笑顔でそう言って、高良くんはスラスラと問題を解きはじめた。
　その光景に、私はぽかんと間抜けな顔になってしまう。
　え、えっ……どうしてそんなに簡単に解いてるの……？
　適当に書いているというわけではなく、高良くんの書いた答えを見ると、どれも正解だった。
　てっきり、勉強は苦手なんだと思ってたのにっ……。
「……あの、高良くん、どうしてテスト受けなかったんですか……？」
「めんどくさいから」
　さらりと、そう言った高良くん。
　そ、そうだったんだ……。
「高校もやめようと思ってた。けど、まーや見つけたからやめんのやめた」
　衝撃的な事実に、驚いてパチパチと瞬(まばた)きを繰り返した。
　私を、見つけたから……？
「できた」
　あっという間に、すべての問題を解いてしまった高良くん。
　は、早すぎるっ……。
　答え合わせをするため、高良くんからプリントを受け取った。

「ぜ、全部正解です……」

　ものの数分で解いて、その上満点。

「高良くん、すごい……！」

　私は感動して、目を輝かせた。

「この問題、私も最初わからなかったんです……！　こんなにすぐに解いちゃうなんて、天才ですねっ……！」

　真面目にテストを受けたら、私なんて軽く追い越されそう……！

　補習、引き受けてよかった。こんなに優秀な人が留年になるなんて、もったいないもの……！

　というか、今までサボっていたのがもったいない……！

「……やっぱ、まーやは優しい」

　なぜか、愛おしげに私を見つめてくる高良くん。

　その瞳に、心臓がどきりと音を立てた。

「……まーやは、頭いい男好き？」

「え……？」

　へ、返答に困る質問……。

　別に頭がいい人が好きというわけじゃないけど、勉強ができる人は尊敬する。

「べ、勉強は、できるに越したことはないと思います」

　そう答えると、高良くんはまた嬉しそうに笑った。

「じゃあ俺、これからはテストも受ける」

　じゃあ、って……？

「補習って、2時間なんだよな？」

「は、はい」

「プリント終わったから、残りの時間俺にちょうだい」

こんなに早く終わるとは思っていなかったから、予定していたまるまる２時間ほとんど残っている。

「何かしたいことがあるんですか？」

「まーやと話したい。まーやのこと知りたいから」

高良くんの答えに、私の心臓はまた跳ね上がった。

高良くんみたいなみんなに注目される人が、どうして私みたいな人間のことを知りたがるのかわからない。

私が高良くんに興味をもつならわかるけど……その逆はあり得ないはず。

「あの……」

わからないことが多すぎて、頭の中が混乱している。

「どうして、私のことなんて知りたいんですか……？　補習に指名したのも……」

ただの、気まぐれかな……？

私の質問に、高良くんはまっすぐにこちらを見つめながら口を開いた。

「好きだから」

「……っ！」

真剣な眼差(まなざ)しで、あり得ない言葉を口にした高良くん。

色素の薄い、水色の瞳に……自分の姿が映っているのが見えた。

……嘘だ。

失礼かもしれないけど、告白を素直に受け入れられなかった。

　だって、おかしい。

　確かに、高良くんが私のことを好きなら……補習に指名した理由も、キ、キスをした理由も頷（うなず）ける。今までのことも、全部辻褄（つじつま）が合う。

　だけど……女の子なんて選びたい放題な高良くんが、私を好きになる理由がない。

　地味で冴（さ）えない、どこにでもいる特技も可愛げもない人間だから。

「好きでもない女に、キスなんかしない」

　何かの間違いだって思うのに……高良くんが熱い視線を向けてくるから、錯覚（さっかく）しそうになる。

　本当に、好かれてるんじゃないかって。

「まーや、顔真っ赤」

　高良くんの大きくて骨ばった手が伸びてきて、私の頬（ほほ）に重なった。

「俺とのキス、思い出した？」

　いたずらが成功したみたいに、口角を上げた高良くん。

　見れば見る程かっこよくて、欠点なんてひとつも見当たらない。

　やっぱり、あり得ない……。

「あ、あの……」

「ん？」

「どうして私みたいな、なんの取り柄もない人間を……好き、だなんて……」

　自分でこんなことを聞くなんて、自意識過剰みたいでとても恥ずかしい。

　最後のほうは、ぼそぼそと声が小さくて何を言っているのか伝わらなかったかもしれない。

「なんの取り柄もないって、誰のこと言ってんの？」

　え……？

　高良くんが、私を見ながら眉間にシワを寄せていた。

「まーや、こんな可愛いのに」

　……っ。

　また、そんなこと……。

「か、可愛くないです……」

　あり得ない……高良くん、絶対に目がおかしい……それか、からかってるに違いない……っ。

　反応したくないのに、顔のほてりが治まらない。

「俺が可愛いって思ってるから言ってる。まーやは可愛い」

　高良くんはそんな私に追い打ちをかけるように囁いてきた。

　まっすぐな視線に耐えきれずに、目を伏せる。

「こっち向いて」

　だけどすぐに、高良くんが私の顎を掴んで強引に目を合わせさせられた。

「それってどういう反応？　赤くなってんの、可愛すぎるけど」

「そんなこと、言われ、慣れてなくて……」

「まーやの周りにいる男が、見る目ないだけだろ」

　違う……絶対に、おかしいのは高良くんのほう。

それに……私には幼なじみがいるけど、その彼にはいつもブサイクだって言われてきたから。

「まーやが可愛いって、俺がわからせてやる」

甘い視線を送ってくる高良くんは、綺麗な顔をぐっと近づけてくる。

う、嘘っ……。

「待っ……」

私の言葉を飲み込むように、押し付けられた唇。

「な、俺のにしていい？」

お、俺の？……って、高良くん、何しようとしてっ……！

セカンドキスまでも、奪われてしまった。

甘い契約

　また、キスされたっ……！
　しかも、今回のキスはファーストキスとは違った。
「んっ……」
　押し付けるような深いキスに、恥ずかしい声が漏れる。
「あっま」
　高良くんはそんなことを言いながら、あろうことか私の唇を舐めてきた。
「ひゃっ……」
　逃げようと身をよじるけど、高良くんに腕を掴まれる。
　大きな手はびくともしなくて、私はされるがままだった。
　く、苦しい……息がっ……。
「高良くん、待って……っ」
「声、可愛い」
　か、会話が成り立たないっ……。
　このままじゃ、窒息死するっ……。
「ダ、ダメです……！」
　最後の力を振り絞って、高良くんの胸を押した。
　ようやく離れてくれて、大きく息を吸い込む。
　な、何、今のキスっ……。
　あんなの、ダメだよっ……。
　と、というか、恋人同士でもないのにキスするなんて、おかしいっ……。

「……ごめん、暴走した」

意外だったのは、高良くんが謝ってくれたこと。

倫理観(りんりかん)がおかしいとは思うけど……プライドが高そうな彼が素直に謝罪してくれたことに驚いた。

で、でも、謝られたら、強く言えなくなってしまう……。

「嫌だった……？」

まるで捨てられた子犬みたいに、不安そうに見つめてくる高良くん。

その表情に、うっ……と言葉に詰まる。

母性本能をくすぐられるって、こういうことなのかもしれない……。

それに……“嫌だった……？”と聞かれたら、返事に困ってしまう。

普通なら、好きでもない人にキスをされたら気持ち悪いとか、嫌だって思うはずなのに……そんなふうには思わなかった。

ただ、恥ずかしさでパニックになって、そんな自分が怖くて……。

「い、嫌というか……こういうのは、恋人同士がするもので……」

嫌だと言い切れなかった自分が、もっと恥ずかしくなった。

私、すごく軽い、女かもしれない……。

「じゃあ恋人になって」

えっ……？

こ、恋人……？

好きだと言われたあとだから、驚くことではないのかもしれないけど……私と高良くんが恋人なんて、あり得ない。

容姿端麗を絵に描いたような人と、冴えない私が釣り合うはずない。

「俺はまーやが好き。まーやは？」

高良くんの瞳はいつもまっすぐに私を見つめてきて、目を逸らすことも許してくれない。

私、は……。

「ご、ごめんなさい……わかりません……」

正直、こんなにも素敵な人に好きだと言ってもらえて、嬉しい気持ちはもちろんある。

だけど、高良くんのことを全然知らないし……今まで恋愛のひとつもしたことがないから、「好き」がどんな気持ちかわからなかった。

「その……高良くんに好きって言われて、嫌なわけじゃないです……でも、理解が追いつかなくて……」

頭の中がいっぱいいっぱいで、悲しいわけじゃないのに涙が溢れてきた。

涙交じりの拙い話し方をする私の頭を、高良くんがそっと撫でてくれた。

「ごめん。俺が焦りすぎた」

頭に手を置いたまま、高良くんは私の顔を覗き込むように視線を合わせてくれる。

「泣かないで。ほんとにごめん。これからはちゃんと、まーやのペースに合わせる」

強引だと思いきや、優しくて……怖いと思っていたのに、不安そうに見つめてくる表情はどこか可愛くて……。

「まーやが俺のこと好きになってくれるまで待つ」

どうして、私なんかにそこまでしてくれるんだろう……。

「泣いてる顔も可愛いけど、泣かせたくない」

「……っ」

またさらりと可愛いなんて口にする高良くんに、単純な私はときめいてしまう。

高良くんは私を見つめたまま、眉を八の字に下げた。

「これからも、補習来てくれる？　俺と過ごしてくれる？」

高良くんが、こんな顔をするなんて……想像もつかなかった。

もっと怖い人だと思っていたのに……補習の件は、一度引き受けたからには最後まで責任をもって担当するつもりだし……私も、高良くんのことを知りたいと思った。

まだ全然、高良くんが私を好きだなんて現実を受け入れられないけど……こんなふうに誰かに好かれたことがないから、素直に嬉しかった。

ストレートに愛情表現をされたこともないから、心臓が痛いくらいドキドキしてしまう。

「は、はい……」

こくりと頷くと、高良くんはぱあっと顔色を明るくさせた。

「よかった」

こんなに喜んでくれるなんて……。

誰かに求められると、こんなに照れくさい気持ちになるなんて知らなかった。

「それじゃあ、今すぐ恋人になんのは諦めるあきら」

今すぐを強調してそう言った高良くん。

「でも、補習が終わるまでには、俺のこと好きにさせる」

高良くんは続けてそう言って、私に顔を寄せてきた。

えっ……。

ちゅっと、可愛らしいリップ音が響く。

額ひたいには、唇の感触が残っていた。

「……あ、キスはダメなんだった」

すぐに「ごめん」と謝ってきた高良くん。

お、おでこだからまだよかったけど、高良くんはキス魔というやつなのかもしれない……。

なんていうか、慣れてるの、かな……？

こんなにかっこいい人だから、当たり前だよねっ……。

きっと、彼女のひとりやふたり……いやいや、10人や20人はいただろうなっ……。

そう思うと、少しだけ胸がちくりと痛んだ。

ん……？　どうして今ちくってしたの……？

というか、今思い出したけど、女子生徒たちが高良くんは女嫌いって噂してた気がする……。

それは本当なのかな……？

気になったけど、私が質問をするより先に高良くんが口を開いた。

「なあ、何がダメで何ならいい？　ルール決めよ。俺、ちゃんと我慢するから」

ルール……？

待てをされた子犬みたいに、じいっと見つめてくる高良くん。

「頭撫でんのはいい？」

「それくらいなら……」

「手、繋ぐのは？」

「……大丈夫、です」

「抱きしめんのは？」

「それは……まだ……」

抱きしめられるなんて、考えただけで恥ずかしくて逃げ出してしまいたくなるっ……。

「じゃあ、どこにならキスしていい？」

「ど、どこも、ダメですっ……」

「わかった……」

しゅん……と、ないはずの耳が垂れているように見えた。

「今は我慢する。……恋人になったら、容赦（ようしゃ）しねぇけど」

……っ。

弱気だったかと思えば、急にいたずらっ子みたいな笑みを浮かべた高良くんにドキッとする。

恋人……私と高良くんが……。

や、やっぱり、全然想像できない……。

私の顔を見つめながら、ふっと不敵な笑みを浮かべた高良くん。

「キスしたいから、早く俺のこと好きになって」

甘い声で囁かれて、私の頬が真っ赤になったのは言うまでもない。

こうして――私と高良くんの、奇妙な“補習生活”が始まった。

苦手な存在

　翌日。
　昨日は、あんまり眠れなかった……。
　補習が終わってもぼうっとしてしまって、高良くんの告白が何度も脳裏をよぎって、あのキスの感触も……ずっと離れてくれなかった。
　上の空で、学校までの道を歩く。
「おーい、たま！」
　後ろから聞こえた声に、ぎくりと体が強張った。
　声の主は……幼なじみの、岩尾くんだ。
　彼は私にとって……悪魔のような存在。
　いつもは、岩尾くんと会わないように急いで登校していたけど、今日は高良くんのことで頭がいっぱいで忘れていた。
　駆け寄ってきて、私の行く道を塞ぐように前に立った岩尾くん。
「今日も朝から辛気くさい顔してんな」
　私を見て、バカにするように口角を上げた。
　あ、悪魔の形相っ……。
　岩尾くんは身長が高いから、見下ろされるだけで怖い。
「……」
「おい、なんか言えよ」
　怯えて萎縮していると、低い声でそう言われてますます体が強張った。

「ひっ……ご、ごめんなさい……」

相変わらず、今日も怖いっ……。

岩尾くんは、別に不良ってわけじゃない。アクセサリーをつけていたり、制服を着崩しているわけでもないし、見た目も……普通に見れば好青年だと思う。

ただ、私が岩尾くんを怖がる理由は、過去の様々なトラウマが原因だった。

岩尾くんと私は、小学生の頃からの付き合い。

１年生の時、同じクラスの隣の席同士になって、最初は仲良くなれるかななんて思っていた時もあった。

でも、岩尾くんは私を嫌っていたのか、嫌がらせをしてくるようになった。

私のあとを追い回したり、スカートをめくってきたり、私と仲良くしてくれる男の子をいじめたり……。

岩尾くんはクラスのボスだったから、私はすぐに孤立した。

『おい、たま！　お前いつもひとりだよな』

玉井だから、私を「たま」って呼ぶ岩尾くん。

『そ、それは、岩尾くんが……』

『俺がなんだよ？』

『ひっ……な、何もない……』

『ひ、ひとりはかわいそうだからな、俺が一緒にいてやろうか？』

『いいっ……』

『なっ……！　お前、俺がせっかく言ってやってるのに……！』

私をパシリにでもしたいのか、岩尾くんはいつも私を追いかけてきた。

そして……全部岩尾くんのせいだとは言わないし、私が面白みのない人間だからかもしれないけど、友達という友達もできないまま高校生になった私。

高校こそは岩尾くんと別のところにと思って、わざわざ離れた高校を選んだのに……入学式の日、岩尾くんを見つけて絶望した。

偶然同じ高校になったのかわからないけど……岩尾くんは今も、私を見つけてはからかってくる。

クラスが離れたのだけが幸いだ……。

「なんでお前は俺の顔を見るたびに、嫌そうな顔するんだよ」

顔をしかめて、そう聞いてくる岩尾くん。

岩尾くんが嫌がらせしてくるからだよっ……と言い返す度胸は、小心者の私にはなかった。

「ご、ごめんなさい……」

「……ちっ、謝ってばっかだな。なんの謝罪だよ」

「岩尾くんの気分を、害してしまって……」

「……別に、んなこと言ってねーだろ」

だって岩尾くん、すごく怖い顔してる……。

「俺は普通に、お前と……」

「岩尾く〜ん！」

何か言いかけた岩尾くんの声は、遠くから聞こえた女の子の声に遮（さえぎ）られた。

ちらりと視線を向けると、岩尾くんに手を振りながら、駅の方向から歩いてくる女の子の姿が。

チャ、チャンスっ……！

「し、失礼しますっ……！」

「あ、おい……！」

岩尾くんの隙（すき）をついて、私は猛（もう）ダッシュした。

脚力（きゃくりょく）には全く自信はないけど、逃げるのは得意。

角を２回曲がってから、振り返る。

岩尾くんの姿がないことを確認して、ほっと胸を撫でおろした。

はぁ……無事に逃げられた……。

岩尾くんも暇じゃないから、全力で追いかけてくることはない。

たまに教室まで来て、ちょっかいをかけてくることもあるけど……。

いい加減、私をパシリにする計画は諦めてほしい……。

さっき、岩尾くんに声をかけてくれた女の子に感謝だ……。

そう言えば、岩尾くんは昔から女の子の友達が多かった。

友達……というか、とにかくモテていて、岩尾くんの周りにはいつも女の子が集まっていた。

すごく失礼だけど、どうして岩尾くんがモテるのか私にはわからない……。

正直、性格はよくないと思ってしまうから……世の中、不条理(ふじょうり)だ……。

教室に着いて、きょろきょろと辺(あた)りを見渡す。

あ……高良くん、来てないのかな……。

高良くんの席は空いていて、教室に高良くんの姿は見当たらなかった。

昨日も、補習には来てくれたけど授業には出席していなかったし、今日も欠席するのかな……。

進級にはもちろん出席日数も必須だから、大丈夫かなと不安になった。

欠席だとしても、補習には来てくれるかな……？

もしかすると、昨日のはやっぱり夢だったりして……。

どうしても、夢見心地な気分から抜け出せない。

その日は授業中もぼうっとしてしまって、あんまり内容が入ってこなかった。

高良くんは結局、放課後になるまで教室には姿を現さなかった。

高良くん、来てるかな……。

放課後になって、補習室に向かう。

半信半疑で扉を開けると、昨日と同じ席に座っている高良くんがいた。

「まーや」

私を見て、にかっと笑った高良くん。

ゆ、夢じゃなかった……。

一気に現実に引き戻されたような気分になって、そっと中に入る。
「こ、こんにちは」
「ん。よかった、来てくれて」
　え？
　まるで私が来ないと思っていたような言い方に、首をかしげる。
「昨日強引に迫ったから、嫌われたかもと思った」
　そう話す高良くんは、普段の高良くんのイメージからは想像もできない不安げな表情をしていた。
　そ、そんなっ……。
「き、嫌いになんてなりません……！」
　つい、声が大きくなってしまう。
「まーやは優しいな」
　高良くんは嬉しそうに笑って、私の頭を撫でてくる。
「優しいし、可愛い」
「……っ」
　高良くん、可愛い可愛いって……それ、口癖なのかな……。
　恥ずかしいから、困るっ……。
「ほ、補習を、しましょう……！」
　高良くんから目を逸らして、先生に事前に渡されていたプリントを取り出す。
　露骨(ろこつ)な照れ隠しに見えたかもしれないけど、甘いこの空気に耐えられないっ……。
「きょ、今日のプリントです……！」
　そう言って、高良くんの机にプリントを置いた。

「待ってて。すぐ終わらせる」

　シャーペンを回しながら、今日もスラスラと問題を解きはじめた高良くん。

　す、凄い勢(いきお)いだ……。

　今日のプリントは数学だけど、ほとんどの問題を途中式なしで回答まで導いていて、驚愕(きょうがく)する。

　高良くんの頭の中、どうなってるんだろう……というか、どうしてこんなに頭がいいんだろうっ……。

　ペンを走らせる音が、ぴたりと止まった。

「できた」

　今日も早いっ……。

　ものの数分で、すべての解答欄を埋めた高良くん。

　私はひとつずつ、丸付けをしていく。

「ぜ、全問正解です……！」

　私は目を輝かせて、満点の回答用紙を高良くんに手渡した。

「高良くん、凄いです……！」

　ほとんど中間試験と同じ問題だから、ちゃんとテストを受けていたら満点もとれていたかもしれない。

　高良くんはきっと、私なんかよりもずっと優秀だと思う。

　この補習、意味があるのかな……あはは。

　２日目にして、疑問を抱いてしまった。

「塾とかは通っているんですか？」

「いや。中学の時まで、家庭教師っていうか……雇(やと)われの講師がずっと家にいた」

「す、凄いですね……」
　雇われの講師って……高良くんのお家、お金持ちなのかな……？
「ほとんどサボってたけど」
　めんどくさそうに、そう口にした高良くん。
　勉強は、嫌いみたい……。
　こんなに頭がいいのに……。
「あの……授業は受けたくないですか……？」
「ん？」
「せっかく学校に来てるのに、欠席してるのはもったいないなって……」
　どうせ学校に来て補習に出てくれるなら、授業にも出席してほしい。
　出席日数も大切だし、一緒に進級したいから……。
　って、きっとそんなの余計なお世話だ。
「ごめんなさい、偉そうにっ……」
　私に指図されるのなんか、嫌だよね……。
　出しゃばったこと言って、恥ずかしい……。
　そう思ったけど、私を見る高良くんの目は相変わらず優しくて……心なしか、嬉しそうに見えた。
「学校嫌いだったんだよ。もともと高校も行く気なかったから」
　そうだったんだ……。
「でも……まーやがそう言うなら、出席してもいい」
　えっ……！

　前向きな言葉に、私は目を見開いた。
「俺がいたら嬉しい？」
　子供に聞くように首をかしげた高良くん。
　こくこくと何度も頷くと、高良くんはそれを見て嬉しそうに笑った。
「ほんとかわいーな」
　甘い微笑みと甘い声、甘い視線に胸が大きく跳ね上がる。
　高良くんに見つめられると……ドキドキして、仕方ない。
　高良くんがかっこいいっていうのももちろんあると思うけど、高良くんが……愛おしいものを見つめるような甘い視線を送ってるから……。
　本当に、すごく大切に思われてるんじゃないかって錯覚しそうになってしまう……。
「俺、朝弱いから起きれないかもしれないけど、頑張る」
　高良くんは、私の頭を撫でながらそう言ってくれた。
　恥ずかしくて、俯いたまま頷く。
「まーやがおはようのキスしてくれたら、絶対に遅刻しないけど」
　へっ……！
　とんでもない提案に、変な声が出そうになった。
「そ、それは無理ですっ……」
　おはようのキ、キスなんて……できるわけないっ……。
　私の返事に、高良くんは「冗談」と言って笑った。
「キスはしないルールだから、ちゃんと守る」
　どうしよう……。

高良くん、学校嫌いなのに、頑張ってくれるって言ってるのに……私は何もしたくないなんて……ダメかな……。

でも、キスはさすがに無理だよっ……。

「……ハ、ハグ、くらいなら……」

悩みに悩んだ末に、そう口にした。

「……え？　マジ？」

目を大きく見開いて、期待の眼差しで私を見る高良くん。

嬉しそうなその表情に、早まったかなと後悔した。

「あ、あの……」

「遅刻しない。約束する」

今更（いまさら）やっぱり無理ですなんて言える空気ではなく、成立してしまったハグの約束。

自分でもとんでもない提案をしてしまったと思うけれど……高良くんが嬉しそうだから、いいのかな……。

「私からのハグなんかで喜んでくれるのは、高良くんくらいです」

むしろ、高良くんとハグしたいって人はごまんといるんじゃないかな……。

「なんでそんな自信ねーの？」

え？

高良くんを見ると、不思議そうな顔で私を見ていた。

自信がないのはその通りだけど、理由は考えたことがなかった。

私は地味だし、面白いことも言えないし、友達もいないし……クラスでも、いつもひとりでいる。

こんな私が自信をもっているほうがおかしいから、そこに疑問なんて感じたことがなかったんだ。
「ま、今はいっか」
高良くんは自己完結したのか、そう言って至近距離で見つめてきた。
「これから俺に愛されて、自信つけていこうな？」
「……っ!?」
そ、そんな……。
私みたいな人間が、高良くんに愛されるはずないのに……。
こんなにも素敵な人に想われるなんて……あり得ないのに……。
「まーやは可愛いんだから、もっと自覚して」
耳元で、そっと囁いた高良くん。
くすぐったくて恥ずかしくて、顔がぼぼっと音を立てて赤く染まる。
「すぐ赤くなるとこも、やばい」
やばい……？　おかしいってことかな……。
不安に思って高良くんを見ると、なぜか苦しそうな表情をしていた。
「……高良くん？　どうかしたんですか？」
「まーやにキスしたい衝動を抑えてる」
「……っ」
な、何それっ……。
高良くんは、おかしなことばかり言う。

私の顔は一層赤くなって、高良くんに見られないように俯いた。

心臓の音が、うるさい……。

高良くんに、聞こえてませんようにっ……。

可愛い

【side 高良】
　その日は、珍しく学校にいた。
　学生証が必要になったけど、今まで一度も使ったことがなく、ロッカーに入れっぱなしなことを思い出したから。
　一応担任にも補習の件で呼び出されていたけど、それは無視でいい。
　とっとと学生証を取って帰ろうと思ったのに、教室に近づくにつれ中から声が聞こえた。
「委員長のおかげで、うちのクラスは安泰だ」
　誰だよ……ちっ、わざわざ放課後の人が少ないだろう時間帯に来たのに。
　クラスメイトやほかの生徒に会うのは鬱陶しい。
　女には近寄るなって言っているのにうじゃうじゃ集まってくるし、教師は俺の顔色を伺うように気持ち悪い視線を送ってくる。
　そういうものに、もううんざりしていた。
　教室の中を見ると、担任とひとりの女子生徒がいた。
　真面目そうな、いかにも優等生の風貌をした女。
　雑用をしているのか、プリントをまとめては角を留めている。
「いえ、私は全然……」
「まあ、委員長の代わりに、うちには手のつけられない問題児がいるけどなぁ」
「え？」
　担任が、困ったようにため息をついた。
「獅夜だよ。全く学校に来ないし……困ったもんだ……」
　……うぜぇ。
　問題児扱いされているのは知っているし、こんな奴を担任とも思っていないけど。
「まあ、もうやめるつもりなのかもしれないけどなぁ。やる気がない生徒がひとりいると、ほかの生徒たちが悪影響を受けることがあるから……みんなが委員長みたいにいい生徒だったらいいんだけどな、ははは」
　なら、もうしつこく家に連絡を入れるのもやめてくれ。
　お望み通り、やめてやるから。
　もともと、高校に行くつもりはなかった。
　将来、不動産経営をしている親父の仕事を継ぐことは決まっていたし、高卒認定さえ取れればいいと思っていたから。
　胸糞悪くなり、その場から立ち去ろうとした時だった。
「私は、その人のことは知りません」
　女の綺麗な声に、思わず足を止める。
　さっきまでボソボソと喋っていた声とはちがう、透き通るような、心地いい声だった。
　俺は昔から女が嫌いで、甘ったるい声も甲高い声も、その全部が耳障りだったはずなのに……この女の声にはなぜか、嫌悪感を少しも覚えなかった。

「私は会ったこともないので、いい人かはわかりませんけど……悪い人かどうかも、わかりません」

　さっき一瞬見えたその女の姿は、絵に描いたような優等生だったから、そんなことを言うのが意外すぎた。

　振り返って、教室の中を覗く。

　はっきり見えたその女の顔。

「だから、何もわからないんですけど……先生がそんなふうに生徒のことを決めるつけるのは、よくないと思います」

　担任をまっすぐ見つめるメガネの奥の瞳を――綺麗だと思った。

　俺みたいな問題児を一番嫌いそうなタイプのくせに……どうしてそいつが俺をかばったのかわからない。

　担任の言うことを聞いて、いい子ちゃんを演じてそうな奴が……わざわざ担任に刃向かうメリットなんて少しもないはずなのに。

「生徒の私たちにとって、先生は数少ない頼れる存在です。そんな人に否定されたら……彼はますます、学校が嫌いになってしまうんじゃないでしょうか……」

　堂々と意見を述べるそいつに、釘(くぎ)付けになる。

　そいつはハッとした表情をしたあと、気まずそうに視線を逸らした。

「す、すみません、生意気なことを言って……」

　さっきまでの堂々としていた姿は別人だったのかと思うほど、不安そうに俯いている。

　その姿に、胸の奥から知らない感情が込み上げてきた。

これは……なんだ。

感じたことのない衝動に、胸が苦しくなった。

「い、いや、その通りだな……！」

担任は困ったように笑いながら、気まずい空気に戸惑っている。

女も困っている様子で、視線を泳がせながら悩んでいるように見えた。

「あ、あの、先生のこと、みんな頼りにしているので……私たちのことを見守っててほしいなって思って……」

担任を立てるように女がそう言えば、お世辞とは気づいていないのかすぐに上機嫌になった担任。

「委員長にそう言ってもらえると嬉しいなぁ〜！　はっはっはっ！」

こんな奴が担任だと思うと、情けなくなるほど単純な人間だ。

「あ、悪い、そろそろ職員会議があるから行ってくるよ！」

時計を見て、慌てた様子で立ち上がった担任。

見つかったら面倒だと思い、俺は身を隠した。

「はい、終わったら職員室まで持っていきますね」

「ありがとう！　助かるよ！」

俺とは逆方向の扉から出て、廊下を走っていた担任。

教師が廊下を走るのはどうなんだと思ったけど、あいつのことなんてもうどうでもいい。

俺はひとり残された女……委員長と呼ばれた奴が気になって、再び教室を覗いた。

「先生、悲しませちゃったかな……」

眉を八の字にして、泣きそうな顔をしていたそいつ。

その表情に、また胸の奥からよくわからない感情が込み上げてくる。

……つーか、あの担任はどう考えても上機嫌で出ていっただろ。

あんな奴に罪悪感なんかもたなくていいのに……。

こんなにもお人好しな人間を見たのは初めてだった。

俺みたいな素行の悪い生徒をかばって、そのうえ担任のことまで気遣って、こいつにはなんのメリットもないはずなのに。

……なんだ、この感情。

女なんか嫌いなはずなのに、目の前のこいつに惹かれる。

こいつのことが知りたくて、たまらない。

他人に興味をもったのも、生まれて初めてだった。

とっとと教室に入って学生証を取ればいいものの、俺は中に入れないままそいつのことをずっと見ていた。

「よし、終わった……」

プリントの山を見て、嬉しそうに笑ったそいつ。

立ち上がって、プリントを持って教室を出ようとした。

あ……。

「わっ……！」

教室の扉のすぐ後ろにいて俺が死角になっていたから、こっちに歩いてくるそいつとぶつかってしまう。

倒れたそいつと、散らばったプリント。

やばい……怪我(けが)してないか……？
心配で、そいつの顔を覗き込む。
「あの、ごめんなさいっ……！」
どう考えても俺がこんなところで突っ立っていたのが悪いのに、頭を下げて謝ったそいつ。
どれだけお人好しなんだと思いながら、そいつと初めて目が合った。
吸い込まれるような、まっすぐな瞳。
メガネ越しでもわかる、綺麗な目だった。
そいつも俺を見て何やら驚いた表情をしていて、しまいには顔を青ざめさせた。
「あ、あの、本当にごめんなさい……！」
俺が怒っているとでも思ったのかもしれない。
俺はただ……そいつに見惚(と)れて、一瞬も目を離したくなかっただけなのに。
「お前……」
さっきから、感じてるこの感情はなんだ。
こいつを見ていると、とめどなくその感情が溢れてくる。
……ああ、わかった。
「可愛いな」
愛おしくて、抱きしめたくなる感覚。
何かに対して「可愛い」なんて感じたのももちろん初めてで、自分がそんなことを思う日がくるとも思っていなかった。
でも俺は今……こいつが可愛く見えて、仕方ない。

衝動的に顔を近づけ、唇を重ねた。

キスなんかしたいと思ったこともなかったし、したこともなかったけど……柔らかい感触と、甘い匂いにめまいがした。

あ……。

ハッと我に返って、すぐにそいつから離れる。

勢いのままキスしたけど、固まって動かなくなったこいつを見て反省した。

いきなりすることじゃなかった。どう考えても、告白すんのが先。

……あ？　告白？

女嫌いの自分がそんなことを思ったことに、驚くと同時に戸惑った。

俺は……こいつが好きなのか？

自分自身に問いかけると、答えは案外すぐに出た。

……好きだな。

人を見る目には自信がある。

俺はひと目見て、こいつが欲しいと思った。

この綺麗な瞳に……俺だけを映したいと思った。

あのあと、とりあえずプリントを拾って謝ろうと思ったが、謝る前に逃げられた。

名前も聞いてない……。

まあ、学校に来れば会えるか……。

俺も教室の中に入り、自分のロッカーを漁る。

目的のものを取って帰ろうとした時、掲示板に貼ってある表が見えた。

委員一覧と書かれていた、それ。

そういえば……委員長って呼ばれてたな。

学級委員長の欄に書かれていたのは、「玉井真綾」という名前だった。

真綾……真綾か。名前も可愛いな。

明日、学校に来たらまた会えるはず。

もうやめようと思っていた学校に来る気になっている自分に笑えるけど、とにかくあいつ……真綾のことが知りたい。

知りたいだけじゃなくて、俺のものにしたいと思った。

そういえば……。

俺はいいことを思いついて、そのまま職員室に向かった。

俺が中に入ると、職員室内が面白いくらい静まる。

問題児特有の扱い。担任もああ言っていたし、俺は相当煙たがられてるらしい。

そんなことは死ぬほどどうでもいいから、中を見渡して真綾を探す。

……いない。いると思ったのに、帰ったか……。

「獅夜……!!　来てくれたのか……！」

担任に名前を呼ばれ、鬱陶しいと思いながらも視線を向ける。

一応こいつにも用事があったから、担任のもとに歩み寄った。

「獅夜、お前学校やめるなんて言ってたけど、少しは考え直し――」
「補習、受けてやってもいい」
　担任が言い切るよりも先に、要件を伝える。
「本当か……!?」
　まさか俺がそんなことを言うとは思わなかったのか、担任は目を輝かせた。
「玉井真綾が見てくれるならだけど」
　さっき逃げられたから、もし教室で会って話しかけても逃げられる可能性が高い。
　それに、教室ではふたりきりになれないから、手っ取り早い方法を思いついた。
「え……？　委員長？」
「無理なら俺は出席しねぇ」
　こう言えば、担任が引き下がらないことはわかってる。
「ま、待ってくれ！　わかった！　委員長に頼む!!」
　こいつ、こんなちょろくていいのかよ。
　俺が言うのもなんだけど、ほかの奴にも真綾を売るようなことをしたら許さない。
　あいつ可愛いから、ほかの奴にも言い寄られてそう……心配だ。早く恋人にしたい。
「頼んでおくから、明後日から補習にはちゃんと来てくれ！頼むぞ……！」
　そうして、俺はふたりきりの補習をこぎつけることに成功した。

補習２日目。

昨日、ふたりきりになって早々にキスをしてしまって、真綾を怖がらせた。

もう怖がらせないように、約束事を決めて、真綾に好きになってもらえるまでは手を出さないと誓った。

今日は来てくれないかもしれないと思ったけど、時間通りにちゃんと来てくれた真綾。

プリントを終わらせてから、丸付けをしている真綾をじっと眺める。

可愛い……一生見てたい。

真綾は知れば知るほど可愛くて、毎秒愛おしさが溢れる。

俺がすることにいちいち恥ずかしがって、顔を赤らめて、反応が可愛すぎて、自分自身を抑えるのに必死だった。

できることなら今だって、このまま抱きしめてキスしてしまいたい。

「あの……授業は受けたくないですか……？」

急に、そんなことを言い出した真綾。

「ん？」

「せっかく学校に来てるのに、欠席してるのはもったいないなって……」

言ったあと、後悔したように申し訳なさそうな顔をした。

「ごめんなさい、偉そうにっ……」

偉そうとか、別に思わねーのに。

真綾のお願いなら、なんでも聞くし。真綾には、なんでもしてやりたい。

俺の全部、捧げたっていい。つーかもう俺は真綾のもん。

自分が尽くすのが好きな性格だと、初めて知った。

「……まーやがそう言うなら、出席してもいい」

俺の言葉に、真綾はぱあっと顔を明るくした。

何その嬉しそうな顔……。

「俺がいたら嬉しい？」

こくこくと何度も頷く真綾が可愛すぎて、心臓がおかしくなってる。

あー……もうこのまま持って帰りたい。

「ほんとかわいーな」

抱きしめて撫で回したい衝動に駆られたけど、ぐっと堪（こら）えて頭を撫でるだけにとどめる。

これ以上怖がらせたくないし、真綾のペースに合わせるって約束したから。

「俺、朝弱いから起きれないかもしれないけど、頑張る」

真綾は真面目だから、不真面目な男は嫌いかもしれない。

真綾が真面目な男がいいっていうなら、今からそうなれるように努力する。

俺の言葉に、真綾はこくんと頷いた。

「まーやがおはようのキスしてくれたら、絶対に遅刻しないけど」

ぎょっと目を見開いた真綾に、口角が上がる。

「そ、それは無理ですっ……」

さすがに冗談だけど、顔を赤くして困っている姿は加虐心（かぎゃくしん）をそそられる。

大事にしたいし甘やかしたいけど、同時にいじめたい気持ちも刺激されるから困る。

結局、どんな顔をされても可愛いことには変わらない。

「……ハ、ハグ、くらいなら……」

……は？

ハグって……本気で言ってる……？

「あ、あの……」

「遅刻しない。約束する」

真綾からハグしてもらえるなら、何があっても這いつくばってでもHR前に登校する。

想像するだけで幸せすぎて、こんなにも明日が楽しみに思えたのは生まれて初めてだった。

でも、少しだけ心配にもなった。

真面目に登校するだけでハグしてくれるとか、自分のことを安売りしすぎだ。

相手が俺だからいいけど、ほかの男に真綾が同じことをしようとしたら、その男を金輪際(こんりんざい)、真綾の前に出られないようにしてやる。

ていうか、真綾って変なのに好かれそうだし、すぐに騙されそうだな……。

実際、俺みたいな厄介(やっかい)な奴に好かれてるし……。

真綾の周りにどんな男が現れたとしても、俺が守らないと。

真綾のハグで大喜びしている俺を見て、真綾が笑った。

「私からのハグなんかで喜んでくれるのは、高良くんくらいです」

　その笑顔は愛くるしすぎたけど、その言葉は自分のことを卑下(ひげ)しているようにも聞こえた。

　私“からの”とか……俺にとっては、何にも代えがたいくらい価値があるのに。

「なんでそんな自信ねーの？」

　こんなに可愛いし、綺麗なのに……真綾がどうしてそこまで自信がなさそうな顔をするのかわからない。

　真綾の魅力と、真綾自身の自己肯定感に差がありすぎる。

　俺がじっと見つめると、真綾は困ったように目を逸らした。

　……多分、俺が知らない事情がある気がする。

「ま、今はいっか」

　本当は今すぐに、真綾の過去も全部知りたいと思ったけど……俺は真綾のこれからをもらえればいい。

　過去も真綾のことも、少しずつ教えてほしい。

　教えてやってもいいと思ってもらえる男になるから。

「これから俺に愛されて、自信つけていこうな？」

「……っ!?」

「まーやは可愛いんだから、もっと自覚して」

　今すぐじゃなくてもいい。

　これから俺がめいっぱい可愛がって、愛されてるって自覚させてやる。

　耳元で囁くと、真綾は恥ずかしかったのかまた顔を赤くした。

あー……自信をつけてあげたい気持ちもあるけど、それよりも自覚させるのが先だ。

「すぐ赤くなるとこも、やばい」

俺の理性に、そろそろ限界がきそう。

昨日約束をしたばかりなのに、もう破りそうになっている自分がいた。

「……高良くん？　どうかしたんですか？」

「まーやにキスしたい衝動を抑えてる」

「……っ」

また顔を赤くした真綾に、俺の心臓も反応する。

真綾を知るまで、知らなかった感情ばっかりだ。

数日前まであんなにもつまらなかった俺の人生が、たったひとりの存在でこんなにも色鮮やかになるなんて。

「……た、高良くん……」

「ん？」

「あの、そんなに見られると……」

「恥ずかしい？」

こくりと、控えめに頷く真綾。

「そっか。でもダメ。可愛いから、一瞬も目を離したくない」

まーや、りんごみたい……。

はぁ……どうやったら、真綾の心が手に入るんだろう。

「なあ、俺のこと好きになった？」

……昨日の今日だし、わかるわけないか。

「ま、まだ、わかりません……ごめんなさい……」

案の定、真綾を困らせてしまって反省する。

　真綾のペースに合わせるって決めたし、あんまり強引にいって嫌われたくない。
「急かすようなこと言ってごめん。でも、ゆっくりでいいから……俺のこと意識して」
　真綾の綺麗な髪を、そっと撫でた。
「俺も、好きになってもらえるように頑張る」
　可愛い可愛い真綾。
　その心を手に入れられる日が待ち遠しくて、想像するだけで幸せになれた。
　俺にこんな感情をくれるのは、世界中どこを探したって真綾だけ。
　まだ出会って数日しか経っていないのに、そう断言できた。

ハグの約束

『遅刻しない。約束する』

高良くん、昨日はああ言ってくれたけど……今日は来てくれるかな……。

朝。学校に向かいながら、高良くんのことを考えていた。

もし、高良くんが教室にいたら……楽しくなりそうだな……。

高良くんが登校してきてくれたら……おはようって言ってもいいのかな……。

私は休み時間に話すような友達はいないし、挨拶（あいさつ）をする友達さえいないから、そういうのに憧れがあった。

というか、改めて友達がひとりもいないっておかしいよね……。

地味で内気な性格の私と友達になりたがるような子はいないと思うし、自分から誰かに話しかける勇気なんてないから、この先の高校生活もずっとひとりぼっちかもしれない……。

そう考えると、寂しい気持ちになった。

友達が欲しいなら、自分から動き出さなきゃダメってわかってるけど……。

『お前みたいな奴と仲良くしてくれる物好きな奴はいねーから』

過去に岩尾くんから言われた言葉を思い出した。

ずきりと、胸が痛む。

あの言葉を言われた日は、その通りだなぁって納得して、そんな自分に悲しくなって泣いたんだ。

『ま、まあ、俺は仲良くしてやってもいいけど？』

岩尾くんはああ言ってくれたけど、意地悪なことをされるのが目に見えていたから、恐怖でしかなかった。

「たーま」

廊下を歩いていると、低い声が聞こえてびくりと大きく肩が跳ね上がった。

きょ、今日も、逃げるのを忘れてたっ……岩尾くんのことは考えてたのにっ……。

高良くんのことで、頭がいっぱいになってる……。

「お前、何ぼーっとしてんだよ」

岩尾くんにそう言われて、ドキッとした。

「え……そ、そんなことないです……」

「そんなことあるだろ。なんだよ、何があったか言えよ」

なぜか不機嫌そうに、眉間にシワを寄せている岩尾くん。

「ほ、本当に何もないですっ……」

「嘘つくな」

た、確かに嘘だけど、岩尾くんに言うようなことじゃないし……関係のないことだから。

なんて言ったら怒られそうだから、言えないけどっ……。

「話せよ」

「は、話すほどのことじゃないのでっ……」

「うるせーな、話せって言ってんだから話せ。お前のことは把握(はあく)しておかないと気が済まねーんだよ」
　ど、どうしてっ……。
　暴君(ぼうくん)ぶりを発揮(はっき)している岩尾くんに、困り果てて一歩後ずさる。
　に、逃げなきゃ……でも、今日はいつも以上に不機嫌で、逃がしてもらえそうにないっ……。
「──おい」
　窮地(きゅうち)に立たされた私に届いたのは、地を這うような低い声。
　一瞬、誰のものかわからなかった。
　視線を向けると、そこにいたのは高良くんで、ようやく高良くんの声だったのだと気づく。
　私の知っている高良くんの声はもっと優しくて、甘やかすような声色だったから……別の人の声みたいだった。
「は……？」
　私と岩尾くんのもとに、歩み寄ってくる高良くん。
　岩尾くんは、こっちに来る高良くんを見て困惑していた。
　周りにいた生徒たちもぞろぞろと集まってきて、何事かと騒いでいる。
　この状況に騒いでいるのか、高良くんの姿に騒いでいるのかはわからないけど……。
「離せ」
　高良くんは、私の腕を掴んでいる岩尾くんの手を払った。
　パシッと音を立てて、岩尾くんの手が離れていく。
　拘束(こうそく)が解けて、ほっと安心した。

「……獅夜……？」

岩尾くんは相変わらず困惑しているのか、高良くんを見る表情は青ざめ、頬には冷や汗が伝っていた。

「なんでお前に、んなこと言われなきゃいけねーんだよ……」

高良くんを睨みつけている岩尾くんの姿に、違和感を覚える。

私の知っている岩尾くんは、怖いもの知らずで、いつだってコミュニティーの中のボスだった。

みんな岩尾くんに憧れて、みんなが岩尾くんの言うことを聞いて……いつだって岩尾くんが一番上の存在だった。

そんな岩尾くんが……怯えているように見えたんだ。

高良くんを、前にして。

高良くんは、私を背後に隠すように前に出て、岩尾くんを睨みつけている。

「ガン飛ばせば、俺がビビると思ってんのか？」

ははっと笑って、挑発（ちょうはつ）するみたいに言った岩尾くん。

「……それ、ビビってる奴のセリフだろ」

「……っ!?」

低い声で返事をした高良くんに、岩尾くんは顔を赤くした。

こんな岩尾くんを見るのは初めてで、驚いてしまう。

やっぱり……高良くんはそのくらい怖がられている存在なんだと、改めて知った。

あの岩尾くんが怯えるなんて……。

確かに、私も初めて会ってぶつかった時は殴られるんじゃないかって思ったし、見た目も派手だから他の人から見ても怖いのかもしれない。

でも、いつの間にか高良くんに対して、“怖い”なんて気持ちはなくなっていたことに気づいた。

今私の前にある背中が、こんなにもたくましく見えるのはどうしてなんだろう。

「真綾に近づくな」

岩尾くんのほうを見ながら、そう言った高良くん。

「は？　偉そうにどの立場から言ってんだよ。俺はこいつの幼なじみなんだ、お前に言われる筋合いねーよ」

「……」

「つーか、お前こそ急に出てきて何？　こいつに近寄らないでくれよ、お前みたいな奴が周りにいたら、悪影響だろ」

早口でまくし立てている岩尾くんに、心の中で否定を入れる。

悪影響なんて……そんなことない。

だって高良くんは……とっても優しい人だから。

まだ出会って数日しか経っていないけど、こんな私にも優しくしてくれるいい人なんだ。

「ピーピーうるせぇぞ」

大きな音が、辺りに響いた。

気づけば、高良くんが岩尾くんを壁に強く押し付けていた。岩尾くんの顔すれすれを殴った高良くんの手が、壁に当たっている。

え……今、何がどうなったの……？

本当に一瞬の出来事で、岩尾くんも何が起こったのかわかっていないみたいだった。

顔を青くして、高良くんを見ている岩尾くん。

「真綾は俺のもんだ。次近づいたら当てるからな」

高良くんが拳(こぶし)を離したあと、壁にはうっすらヒビが入っていた。

「た、高良くん……」

「まーや、あっち行こ」

私の手を握(にぎ)って、歩き出した高良くん。

きっと……助けてくれたんだよね……？

私が、岩尾くんに怯えてたから……。

周りにいた人たちの視線が、私たちに集まっていた。

恥ずかしくて、視線を下げながら手を引かれるまま高良くんについていく。

高良くんが向かったのは、補習が行われる空き教室だった。

中に入って、私を壁に押し付けた高良くん。

でも、さっきの岩尾くんとは違って、もたれるみたいにそっと優しく押し付けられる。

目が合った高良くんは、不機嫌そうに眉間にシワを寄せていた。

拗(す)ねているような、何かが気に入らないと言わんばかりの表情をしている。

「た、たから、くんっ……」

岩尾くんのことを説明しようとしたけど、その口を高良くんに塞がれてしまった。

ど、どうしてっ……。

またキスをされてしまって、私の頭の中は一気にパニックになる。

前のとろけるようなキスとは違って、少し乱暴な口付け。

高良くんの大きな口が、がぶりと私の口を覆った。本気で食べられちゃうんじゃないかと心配になって、思わず情けない声が漏れる。

キ、キスはしないって約束なはずっ……。

「ま、待ってくださっ……」

どんどんと、高良くんの胸を叩いた。

すると、高良くんはゆっくりと唇を離してくれる。

息切れしている私とは対象的に、何事もなかったみたいに余裕の表情を浮かべている高良くん。

肩を上下させながら呼吸を整えている自分が、恥ずかしくなった。

「さっきの弱そうな男、誰？」

じっと私を見ながら、そう聞いてくる高良くん。

さ、さっきって……岩尾くんだよね……？

「あの、幼なじみです……」

酸素を求めてすうっと息を吸ってから、質問に答えた。

「仲いいの？」

「えっと……全く……私が嫌われてて……」

「嫌い？」

　私の答えに、高良くんはなぜか眉をひそめた。
「どっからどう見ても……」
　ブツブツ何か言っている高良くんに、首をかしげる。
「まーやは？」
「え？」
「あの男のこと、どう思ってる？」
「わ、私は……」
　なんて答えるのが正解なんだろう……。
「ちょっと、怖い……です」
　考えた結果、正直な気持ちを口にした。
　私にとって岩尾くんは……誰よりも怖い存在だから……。
「……ならいいや」
　何がいいんだろう……？
　わからないけど、高良くんは安心したように表情を和（やわ）らげた。
「まーやに好意がないならいい」
　好意……？
　私が、岩尾くんに？
　とっても失礼だけど、それは絶対にない……。
「でも怖いって？　なんかされたのか？」
　心配そうに、私の顔を覗き込んでくる高良くん。
「まーやが消極的な理由って、あいつが原因？」
　それは……違う、はず。
「い、いえ……。私がこんなにうじうじしてるのは、私自身のせいです」

私がもっと素敵な女の子だったら、いくら岩尾くんが私の友達に、私と仲良くするのをやめろって命令しても……そばにいてくれたと思う。

岩尾くんのせいじゃなくて、きっと私に何もないから、みんな離れていったんだ。

岩尾くんのせいにしてしまったら、私は成長できないと思うから……自分の中に原因があったって思いたい。

悲しくて、思わず俯いてしまった。

「……あいつ、次会ったらぶっ殺す」

高良くんの低い声に、慌てて顔を上げる。

「えっ……！　ほ、本当に、岩尾くんとは何も……」

「岩尾くん？　名前呼び？」

「みょ、名字です……！」

「名字か……とにかく、あいつには気をつけろよ？　つーか、絡まれたら俺のこと呼べよ」

高良くんは、真剣な表情で私を見つめてきた。

「まーやのことは、俺が守るから」

「……っ」

高良くん……。

「……まーや？」

なぜか目を見開いて私を見る高良くんを不思議に思ったけど、すぐに原因に気づいた。

自分の目から、涙がこぼれていた。

「ご、ごめんなさいっ……そんなふうに言ってもらったことがなかったから、その、嬉しくて……」

　ずっと岩尾くんから逃げて、臆病だった私。

　変わりたいけど、変われなくて、そんな自分が大嫌いだった。

　そんな私には……高良くんの今の言葉がすごく、心強く思えた。

「おい、マジであいつに何されたんだよ。全部言えって、絞め殺してくるから」

　泣いたからさらに心配をかけてしまったみたいで、急いで涙を拭う。

「ほ、本当に平気です……！」

「俺が平気じゃない」

　私なんかのために、怒ってくれている高良くん。

　……ふふっ。

「高良くんのおかげで……なんだか、いろいろ救われた気持ちになりました」

　思わず、笑みがこぼれた。

　こんなにもかっこよくて、優しくて……全部兼ね備えて生まれてきたような人が、自分と一緒にいてくれる。

　それが……とっても嬉しかった。

「……そんな可愛い顔しても、納得しないからな」

「かわっ……」

　ま、また、変なこと言ってる……。

「……まあ、言いたくなったらでいい。強要はしたくないし。……あいつは消すけど」

「そ、それはダメですっ……！」

岩尾くんのことは怖いけど、恨(うら)んではいないし、嫌いってわけでもない。
ただ、私のことは無視して過ごしてほしいなって願ってるだけで……。
それに、高良くんが岩尾くんに何かしたら、高良くんが悪く言われてしまうかもしれない。
私は高良くんの言葉だけで救われたから……本当にもういいんだ。
「まーやはお人好しすぎ」
高良くんは、心配そうに私を見つめたまま頭を撫でてくれた。
高良くんに頭を撫でてもらうの……好き、かもしれない……。
大事にされているって思わせてくれる大きな手。
心地よくて目をつむっていると、高良くんが突然、何かを思い出したように「あ」と声をあげた。
「……高良くん？」
どうしたの……？
「ごめん……俺、約束破った……」
そう口にした高良くんの顔が、さーっと青く染まっていく。
「恋人になるまでキスしないって言ったのに……嫉妬(しっと)して、キスした」
あっ……そ、そういえば、さっき……。
キスをされたことを思い出して、顔が赤くなった。

高良くんは眉を八の字にして、私をじっと見つめてくる。
「ごめん……もう絶対にしないから、許して……」
うっ……。
思わず、可愛いなんて思ってしまった。
「お、怒ってないので、平気です」
「ほんとに？」
「は、はい……！」
びっくりしたけど……き、記憶から、抹消するっ……。
それよりも、改めてお礼を言わなきゃ。
「さっきはかばってくれて、ありがとうございます」
ちゃんと言っていなかったから、そう言って笑顔を向けた。
高良くんはなぜか、不満そうに口をとがらせた。
「まーや、いい子すぎ」
「え？」
「そんなんだから、あんな変な奴に付きまとわれんだぞ」
「……？」
そもそも、私はいい子ではないけど……どうして怒られてるんだろう……？
「いや、俺が守るって言ったもんな。まーやはそのままでいい」
自己完結したのか、高良くんはそう言ってもう一度私の頭を撫でてくれた。
「今の可愛くて優しいまーやのままでいて」
この目で見つめられると……愛おしくてたまらないっ

て、言われているような気分になってしまう……。
　そんなの、自惚れだってわかってるけど……高良くんの視線が、甘すぎるから……。
　高良くんは、本当に私のこと、そんなに好きでいてくれてるのかな……。
　自分に自信がないから、ずっと信じきれなかったけれど……少しだけ、実感した。
　いつも優しくしてくれて、さっきみたいに困っていたら助けてくれて……それに……。
　……私との約束を、ちゃんと守ってくれる。
「あ……！」
　重要なことを思い出して、今度は私が大きな声をあげた。
「高良くん、遅刻せずに来てくれたんですね……！」
　岩尾くんのことがあったから、忘れてしまうところだった。
　本当に、来てくれたんだ……。
「まーやと約束したから」
　得意げにそう言った高良くん。……だけど、すぐにその表情が曇った。
「……でも、今日のハグは我慢する。キスしたから」
　え……？
　それは、反省の意味を込めてってことかな……？
「明日もちゃんと来るから、明日からご褒美ちょうだい」
　きゅんと、胸が音を立てた。
　健気なセリフに、母性本能がくすぐられてしまう。

そっと、高良くんの大きな体に手を伸ばす。
「……っ、まーや？」
突然抱きついた私に、高良くんが困惑しているのがわかった。
自分でも、こんな大胆な行動に出ていることに驚いてる。
でも……約束を守ってくれたこと、私なんかのハグを望んでくれていることが嬉しかったから、このくらいお安い御用だと思った。
喜んで、くれるなら……。
「約束守ってくれて、ありがとうございます」
高良くんの体、想像してたより大きいな……。
見た目だけではわからない、がっちりとした体。
自分とは違って硬くて、男の人なんだなと改めて実感する。
「高良くんが来てくれて、嬉しいです」
……あれ？
高良くんの心臓が、異常なくらいドキドキと高鳴っていることに気づいた。
驚いて上を向くと、高良くんが険(けわ)しい表情で私を見ていた。
「……まーやは俺をどうしたいの？」
「え？」
「……あー……どうにかなりそう……」
高良くん……？
「あの……い、嫌でしたか？」

どうにかなりそうなくらい気持ち悪かったかなと思い、そっと手を離そうとすると、その手を掴まれた。

「嫌なわけない。嬉しすぎて頭おかしくなりそうなだけ」

えっ……。

高良くんは、いつも大げさだ。

頭がおかしくなりそうなくらい嬉しいって……そ、そんなのあり得ないと思うのに。

私がハグをして、そんなふうになっちゃう人はこの世に存在しないと思う。

だけど、照れるような表情をしている高良くんを見ると、本当に喜んでくれているのかもしれないと感じた。

「まーや、俺がちゃんと登校したら、これ本当に毎日してくれる？」

「え、えっと……はい」

「約束」

高良くんがあまりに幸せそうに笑うから、恥ずかしくて目を逸らしてしまった。

高良くんなら、きっとどんな美女でも、ハグどころか、恋人になってもらえると思うのに……よりにもよってどうして私を求めてくれるんだろう。

やっぱり……謎だ……。

「そろそろ教室行こっか？　このままふたりでいたら、まーやのこと食べちゃいそうだから」

「……っ!?」

その発言に、驚いて高良くんから離れた。

た、食べちゃうって……噛み付くってこと？

い、痛いのはやだっ……。

「教室は嫌いだけど、行こ」

こくこくと頷いて、高良くんと一緒に空き教室を出る。

「……手は繋いでいい？」

そっと手を差し伸べられて、躊躇（ちゅうちょ）してしまった。

「ろ、廊下で繋ぐのは……」

ほかの生徒もいるし、高良くんといたらただでさえ目立ってしまうと思うのに、手なんて繋いだらますます……。

さっきも、すれ違った女の子たちがあり得ないものを見るような目で高良くんと私を見ていた。

女の子たちから大ブーイングが起きるだろうし、人前で手を繋ぐのは正直避けたい。

「嫌？」

だけど、寂しげな瞳で見つめられて、私は首を横に振りきれなかった。

「……だ、大丈夫、です」

私、高良くんには強く出れないみたいだ……。

嬉しそう笑った高良くんの手をそっと握りながら、そう思った。

変わっていく日常

「ねえ、獅夜くんいるよ……！」
　廊下を歩いているだけなのに、案の定、高良くんは生徒たちの視線を一身に集めていた。
「この時間帯に校舎にいるとか、初めてじゃない……!?」
「あんま見るなよ……目合ったら殺されるらしいぜ」
　男の子は畏怖（いふ）の対象として、女の子たちはみんな目をハートにして高良くんを見ていた。
　そして……。
「待って、隣の子誰!?」
「手繋いでるじゃん……獅夜くんって、女嫌いなんじゃなかったっけ!?」
　そんな高良くんと手を繋いで歩いている私にも、嫌というほど視線が集まっていた。
　そういえば……高良くんは女嫌いだって噂があったんだった……。
　それなのに、こんな地味な女と手を繋いでいたら、みんなが困惑するのも無理はない……。
　何より、この状況に一番疑問を抱いているのは、私本人だから。
　高良くん、歩いているだけでこんなに目立つなんて……毎日大変そうだなぁ。
　ずっと陰側で生きてきたから、日向（ひなた）側の人の気持ちを疑似体験した感覚になった。

高良くんが学校に来たがらない理由が、少しわかった気がする……。

こんなにみんなに見られていたら、気が休まらないだろうなっ……。

私もできるなら、今すぐにこの状況から抜け出したい。

教室に着くと、騒がしさは一層増した。

高良くんが登校してきたことに、クラスメイトのみなさんが大慌てしている。

「え、獅夜くん……!?」

「やば……なんでいるの……!?」

こそこそと話している声が聞こえて、アイドルみたいだな……と思った。

校内ではアイドル的存在みたいだから、あながち間違ってないのかもしれない、あはは……。

「まーや、どこの席？」

「あっ、私はここです」

「じゃあ俺はここ」

私の隣の席に、すとんと座った高良くん。

え、えっと……。その席は、ほかの人の席だから、ダメだと思うっ……。

高良くんの席は、窓際の一番後ろ。ここと逆方向だ。高良くんも自分の席じゃないとはわかってるはずだけどっ……。

そう思った時、ちょうど隣の席の男の子が教室に入ってきた。

　その人は自分の席に高良くんが座っているのを見て、驚きながら顔を青くしている。

「お前、ここの席の奴？」

「は、はい……！」

「代われ」

「ひっ……！　ど、どうぞ……！」

　その人は逃げるように、別の席に走っていった。

　あ、あはは……。

「か、勝手に席替えして、大丈夫でしょうか……」

「へーき。あの担任は文句言わないだろ」

　た、確かに、先生はそういうのに厳しくない人ではある。

「ねえ、なんで獅夜くん玉井さんといるの……？」

「あのふたり、どういう関係？」

「不釣り合いすぎでしょ……」

　女の子たちの会話が聞こえて、びくっと肩が跳ねた。

　自分の地獄耳が、恨めしい……。

　でも、そう思われて当然だ……。

「あいつが相手にしてもらえてるなら、あたしたちもいけるんじゃない？」

「確かに。あたしたちのほうが余裕で可愛いし」

　ゆっくりと、女の子たちがこっちに歩み寄ってきた。

「獅夜くん、おはよう……！　あたし、クラスメイトの麻衣(まい)なんだけど、知ってる？」

　そう言って高良くんに話しかけたのは、クラスで一番可愛いと言われている高橋さんだ。

　私は邪魔にならないようにと思って、肩を縮こめた。

「獅夜くん？」

「……」

「おーい」

　声をかけ続ける高橋さんを、高良くんが睨みつけた。

「……っ!?」

　私でもぞっとするくらい怖い視線に、高橋さんは凍りついたみたいに体を強張らせている。

　顔を真っ青にして、逃げるように走って教室を出ていってしまった。

「た、高良くん、いいの……？」

　普通、あんなに可愛い女の子に声をかけられたら、男の子なら大喜びすると思う。

「ん？　何が……？」

　少しも悪気がなさそうな高良くんの姿に、私のほうが困惑してしまう。

「俺、人と喋んの嫌いだし。興味ない奴とは一瞬も関わりたくない」

　そ、そっか……。

　あんな可愛い女の子に興味をもたないなんて、そんな人が存在するんだ……。

「まーやがいてくれたらそれでいい」

「……っ」

　……やっぱり、おかしい。

私と高橋さん……、100人いれば、全員が高橋さんを選ぶはず。

それなのに……当たり前みたいに、私がいいって言ってくれる。

こんな人は、きっと世界中どこを探してもいないと改めて思った。

肘(ひじ)をしいて机に伏せながら、私を見て高良くんは何やら嬉しそうに笑っている。

「学校来てよかったかも」

え？

「ずっとまーやのこと眺めてられるとか、最高すぎ」

ドキッと、心臓が高鳴った。

本当に、高良くんは変だ……。

私なんか見ても、何も面白くないのに……。

――キーンコーンカーンコーン。

チャイムの音が鳴って、誤魔化(ごまか)すように視線を逸らした。

高良くんといたら、心臓がいつもドキドキして、大変だ……。

教室の扉が開いて、担任の先生が入ってきた。

「おはようみんな～！……って、獅夜!?」

高良くんを見るなり、驚愕している先生。

「来てくれたのか……！　先生は嬉しいぞ……！」

「……」

む、無視っ……。

高良くんは、いつだってマイペースだ。

それから、高良くんは授業中もずっと教室にいてくれた。

入ってくる先生が軒並み驚いていたのが、少しだけ面白かったのは内緒だ。

真面目に授業を受けるというよりはほとんど寝ていた気がするけど、高良くんが教室にいてくれるだけで嬉しかった。

「まーや、昼飯食べよ」

お昼休みになって、あくびをしたあと高良くんがそう言った。

「えっ……」

お昼ご飯のお誘いに、思わず目を輝やかせた。

「ん？　なんで驚いてんの？」

「だ、誰かとお昼ご飯食べるの、夢だったんです……」

「……は？」

友達……と言っていいのかわからないけど、誰かと学校でお昼ご飯を食べれるなんて……！

青春だっ……。

「まーや、願望のレベル低すぎ」

なぜか、眉間にシワを寄せている高良くん。

「友達は？」

「いないです……」

「……あいつか」

あいつ？

「屋上で食お」

え！　屋上で……！

屋上は出入り自由だけど、私は入ったことがない。
ひとりで入る勇気がなかったから。
一緒に食べられるだけでも嬉しいのに、屋上でなんてドキドキするっ……！
「は、はい……！」
嬉しくて、私は何度も頷いて返した。
「気いつけて」
高良くんが扉を開けてくれて、中に入る。
ここが屋上……！
ドラマの世界で見たことがある屋上そのままで、感動する。
「すごいですね……！」
「……まーやが喜んでるならよかった」
それはもう、とっても……！
よく見ると、男子生徒のグループの先客がいた。
けれど、高良くんを見るなり、いそいそと屋上から出ていった男子生徒さんたち。
か、貸し切りだっ……。
「まーや、あのベンチ座ろ」
「はいっ……！」
高良くんの隣に座り、お弁当を広げた。
はぁ……今、すっごく幸せ。
私の高校生活に、こんな青春の1ページが刻（きざ）まれるなんてっ……。
「喜びすぎ」

　顔に出ていたのか、高良くんは私を見て笑った。
「屋上に連れてきてそんな喜ぶの、まーやくらいだろ」
「そ、そんなことないと思います……」
「そんなことある。まあ、そういうとこ含めて好きだけど」
　さらりと「好き」と言われて、単純な私は簡単にときめいてしまう。
「これから俺と、いろんなとこ行こっか？」
「えっ……」
　高良くんの言葉に、私は勢いよく顔を上げた。
「い、いいんですか？」
「うん。まーやが行きたいとこ全部行こ」
　え、えっ……。
　本当に、いいのかなっ……。
　行きたいところなんて、そんなの山ほどある。
　高良くんが一緒に行ってくれるなんて、夢みたいだけれど……申し訳ない気持ちもあった。
「どこに行きたい？」
「えっと……カフェ、とか……」
「ほかには？」
「カラオケと、ゲームセンターにも行ってみたいです……！」
「行ったことない？」
「はい！」
　どっちも、ドラマで見たことがあるくらい。
　いつか行ってみたいと思ってたけど、行く友達もいなくて叶わぬ夢になるところだった。

「こんな女子高生いんのかよ……」
　そんなに驚くことなのか、高良くんは信じられないものを見るような目で私を見ていた。
「あ、あと、水族館とか、動物園とか……」
　頭の中にたくさん浮かんで、次から次へと口にする。
　けど、ハッと我に返った。
「あっ……ご、ごめんなさい、はしゃいでしまって……」
　高良くんはお世辞で行こうって言ってくれたのかもしれないのに、浮かれてしまった。
　恥ずかしくて、視線を下げる。
「動物好き？」
　そんな私の顔を覗き込みながら、そう聞いてきた高良くん。
　話を聞いてくれるのが嬉しくて、こくこくと頷いた。
「何が好き？」
「えっと……一番好きなのは、猫です」
「ふっ、動物園に猫はいないと思うけど」
　た、確かに……。
　高良くんは微笑みながら、私のことをじっと見つめてくる。
「まーやっていちいち可愛い。可愛いことしか言えないルールでもあんの？」
　なっ……。
　ど、どういう、意味だろうっ……。
「私を可愛いって言う、高良くんが変だと思います……」

「またそんなこと言う」

　そっと伸びてきた大きな手が、頬に重ねられた。

「俺がまーやのこと可愛くてたまんないって思ってること、疑ってる？」

　高良くんの声が、視線が……訴（うった）えかけてくるみたいに見えた。

「好きだ」って。

「疑ってる、わけじゃないです……」

　高良くんのこと、信用してないわけじゃない。

　だって、騙（だま）すにしても、私を騙すメリットなんてないから。

　高良くんを疑っているんじゃなくて、私は私を疑っているというか……こんなふうに好きだと言ってもらえる価値が自分にないから、信じきれないだけなんだ。

「ほんとに？」

「は、はい」

「ならいいや」

　満足げな高良くんに、胸がきゅんと音を立てた。

　高良くんは、どこからどう見ても完璧なお顔だと思う。

　どの角度から見たってかっこいいし、眩しくて直視できない時もある。

　そんな人が、私を好きだと言ってくれている事実が……くすぐったくて、嬉しくて、いろんな感情が混ざり合った。

　お、お弁当食べようっ……。

「い、いただきます」

　恥ずかしさを誤魔化すように、お弁当箱を開けて手を合わせる。

高良くんも、コンビニのビニール袋に入っているパンを取り出した。

パンが４つも入ってる……全部食べられるのかな？

高良くんは細身に見えるから、意外だった。

ハグをした時に思ったけど、体はがっちりしているし、着痩(や)せするタイプなのかもしれない。

ふと朝のハグを思い出して、顔が熱くなった。

「た、高良くんは、パン派ですか？」

「食にこだわりはない」

そうなんだ。私は、食べることは大好き。

「まーやは？」

「私はなんでも好きです」

「まーやらしい。ていうか、弁当うまそ」

私のお弁当を覗き込んで、そう言ってくれた高良くん。

「あ、ありがとうございます」

嬉しくてお礼を言うと、高良くんは大きく目を見開いた。

「……え？　もしかしてまーやが作ってんの？」

頷くと、高良くんの目がますます見開いた。

「料理もできるとか、さすが俺のまーや」

誇らしげにそう言われて、照れくさくなった。

「……なんでもいいから、ひとくちちょうだい。ダメ？」

ねだるように、そう言ってきた高良くん。

えっ……ど、どうしよう。もちろんあげるぶんにはかまわないけど、味の保証ができない。

無難に、卵焼きでいいかな……。

でも、どうやってあげよう。

高良くんはお箸(はし)をもってないし……。そう悩んだ時、高良くんがあーと大きく口を開けた。

これは、食べさせてってことかなっ……？

あーんっていう……。

恥ずかしくてためらっていると、早く早くと急かすように見つめてきた高良くん。私はそっと、卵焼きを高良くんに差し出した。

「ど、どうぞ」

パクッと、大きなひとくちでなくなった卵焼き。

お口に合うと、いいけど……。

もぐもぐと咀嚼(そしゃく)したあと、ごくりと喉仏(のどぼとけ)が波を打った。

「……うっま」

表情を明るくさせた高良くんを見て、ほっと胸を撫でおろした。

「マジで美味しい。すごいな」

よかった……。

それに……家族以外に自分の作ったものを食べてもらうなんて、初めてだから……そう言ってもらえてとっても嬉しい……。

今日は、嬉しいことばっかりだっ……。

全部、高良くんのおかげ……。

私の中で、高良くんの存在が大きくなっていくのを感じた。

君のもの

【side 高良】
　昼飯を食べ終わり、真綾が弁当箱を片付けている。
「高良くん、今日はお昼ご飯一緒に食べてくれて、ありがとうございましたっ……」
　笑顔でそう言ってくる真綾に、複雑な心境になった。
「まーや、そんなことでお礼言わなくていいって」
　一緒に食べてくれてありがとうって、そんなこと言う奴いないだろ。
　健気というか、律儀（りちぎ）というか……。
　些細（ささい）なことにも礼を言うところが可愛いなとは思うけど、同時に心配になる。
　真綾は今まで一体、どんな生活を送ってきたんだろうって。
　自分には価値がないみたいな言い方をする時があるから、そんなふうに思ってほしくなかった。
　俺にとって真綾は、この世で一番価値がある人間なのに。
　まあ、原因は多分……今朝のあの“男”だろう。
　こんなに優しくていい子な真綾に、友達ができないとかおかしすぎるから。
「つーか、俺が食べたくて食べてるし、一緒にいてもらってるのは俺のほうだから」
　そう言えば、困ったように視線を下げた真綾。

「俺がまーやにすることは、俺がしたくてしてんの」
　ありがとうって言うのは、むしろ俺のほう。
「だから、それに対してお礼なんて必要ないし、俺のほうが感謝してる」
　真綾は当然って顔で、俺の隣にいてほしい。
　俺の言葉に、真綾はえっと……と考え込んだあと、俺の顔色をうかがうように恐る恐る視線を合わせてきた。
「それでも、やっぱり……ありがとうって言いたいです。すごく楽しかったから……」
　あー……。
　あまりにいじらしくて、心の中でいろんな感情を噛(か)みしめる。
「ちょっとだけこうさせて」
　我慢できなくて、そっと華奢(きゃしゃ)な体を抱きしめた。
　真綾は「えっ……！」と戸惑いながらもされるがままになってる。
　こうやって俺の行動を全部許してくれるところも、変な奴に騙されそうで心配だけど。
　……実際、変な奴に執心されてたし。
　真綾への愛おしさが、溢れて制御できない。
　昨日より、今朝より、さっきより……真綾のことを好きになっている自分がいた。
　屋上に連れていっただけであんなに喜んでるし……そんな無邪気な姿を見せられたら、どこにでも連れていってやりたくなる。

真綾は、カラオケにもゲーセンにも行ったことがないらしい。絶滅危惧種か天然記念物かなんかだ。

俺が全部連れていってやるからなと思いながら、頭を撫でた。

予鈴が鳴って、ふたりで教室に戻った。

「まーや、水買ってくる」

５限目が終わって、喉が渇いて立ち上がった。

「はい、いってらっしゃい」

笑顔の真綾に、心臓が高鳴った。

可愛い……いってらっしゃいって、結構破壊力あるな。

結婚したら毎日言ってもらえるのかと思うと、それだけで幸せな気持ちになれた。

まだ恋人にすら昇格してないのに、気が早すぎると我ながら思う。

「ねえ、聞いた？　獅夜くんと玉井さん付き合ってるらしいよ」

自販機のある角を曲がろうとした時、そんな会話が聞こえた。

「でも、玉井さんって岩尾くんと付き合ってるんじゃなかったっけ？」

……あ？

気にせず曲がろうとした俺の足を止めたそのひと言。

「有名だよね？」

真綾があの男と付き合ってる？

もちろん、それが事実と異なることはわかってるけど、そんな噂が流れていることが不快だった。
『ちょっと、怖い……です』
　あいつのことをどう思っているかと聞いた時の真綾の反応を思い出す。
　確実に、トラウマを植え付けられるほどの何かがあったに違いない。完全に怯えていたし。
　真綾は優しいから、何も言わなかったけど……正直今すぐにでもあいつを、真綾の前に出られないような顔にしてやりたい。
「あー、あたしふたりと小中一緒だけど、多分付き合ってはないよ」
　立ち止まったまま、聞き耳をたてる。
　最近、盗み聞きばっかりだ。
「岩尾くんが、一方的に玉井さんのこと好きなだけ」
　それは多分本当で、ひと目であいつが真綾のことを好きなのはわかった。
　真綾には、一切伝わってないだろうけど。
「え……何それ！　岩尾くんも獅夜くんの次にイケメンなのに……！」
「んー、なんかわからないけど、玉井さんは岩尾くんのことずっと怖がってるみたいだったし」
　周りの人間も気づくくらいだったのか……。
「ただ、岩尾くんが玉井さんのこと好きっていうのは有名で、周知の事実だったって感じ。ほかの男子生徒に、玉井さんに近づかないよう牽制してた。岩尾くんってなんでもできるから、誰も逆らえなくて」
　あいつに対しての怒りが込み上げて、歯を食いしばった。
「で、岩尾くんってモテるじゃん？　だから、玉井さんは岩尾くんを好きな女子から反感買って嫌がらせされたりしてて……ボス格の子が玉井さん無視しろとか命令したから、玉井さん小中完全に孤立してたわ」
　あいつが関係しているんだろうなとは思っていたけど、真綾に友達ができなかった理由がわかった。
　……それにしても、あいつは何もしなかったのか？
　自分のせいで好きな相手がいじめられて、黙ってはいられないはずだ。
「岩尾くんそれは知ってたみたいなんだけど、見て見ぬフリだったの。玉井さんが孤立するほうが都合がよかったらしくて……」
　気になっていたことを、続けざまに説明したその女。
　は？
　……胸糞悪い。
　もはや、吐き気さえした。
「岩尾くんって、歪(ゆが)んでるの？　ドS？」
「好きな子は独占したいタイプなんじゃない」
　話を聞いていた女たちも、声色から若干引いているのがわかった。
　あの男は完全に主犯だ。
　男に嫉妬をするのはわかるけど、交友関係まで握ろうとするなんて、気色悪すぎる。

「岩尾くんにも獅夜くんにも好かれてるとか、玉井さんずるくない？」
「これからますます反感買うだろうね」
女たちの言葉に、盲点だったと気づいた。
でも、俺はあいつとは違う。
真綾のことは俺が守るし、幸せにしてやりたい。
今まで寂しかったぶん、俺が……楽しい思い出だけを作ってやりたい。
「なんであんな地味な子がモテてるの？　意味わからないんだけど……」
真綾のことを悪く言った女に、腹が立って眉間にシワが集まった。
……男だったら即殴ってた。
「だけど、あたし委員会一緒になったことあるけど、めっちゃいい子だったよ。それによく見ると美人なの」
少しだけ安心する。真綾のよさをちゃんとわかってくれていた同性がいて。
よく見るとは余計だけど。
まーやはどっからどう見ても、世界一可愛いから。
多分、周りがそれに気づかないのは……あのでかいメガネのせい。
最初は視力が相当悪いのかと思ったが、度が入っていなかった。
何か事情があってかけているのかもしれないから、理由は追求しなかったけど。

「あれは男を惑わす系だね。あたしも嫌がらせされんの怖いから極力近寄らなかったけど、かわいそうだったな」
「でも、岩尾くんが嫌ならどうして同じ高校に入ったの？」
「岩尾くんが追いかけたんでしょ。玉井さん、県内の進学校から推薦もらってるって噂だったから、わざわざ県外に来る理由なんて岩尾くんから逃げたかったとしか思えない」
「……岩尾くんって、若干ストーカー気質なのかな？」
話を聞けば聞くほど、岩尾とかいう男に腹が立った。
あいつはもう……まーやに近寄らせない。
それからは話題が変わったから、俺もその場から立ち去った。
別の場所の自販機で水を買って、教室へ急ぐ。
ひとりにさせたら、女たちに何か言われてるかもしれない。
これからは、できる限り一緒にいないと。……俺がいたいだけだけど。
あの男は、もう真綾に近づけさせない。
真綾の優しくてお人好しなところに付け込んで……怒りしかわかなかった。
自分に自信がないのも、欲がないのも……全部こいつのせいだと思うと、今すぐ消してやりたくなる。
もっと早くに真綾と出会いたかったなんて、叶いもしないことを思ってしまった。
教室に戻ると、真綾はひとりで本を読んでいた。

誰かに声をかけられている様子もなく、安心する。
「あっ……高良くん、おかえり」
可愛い笑顔に迎えられて、さっきまでの苛立ち(いらだ)は一瞬で吹き飛んでしまう。
「まーや、はい」
「えっ……」
俺は自分の水と一緒に買ってきたココアを真綾に手渡した。
頼まれたわけじゃないけど、甘いものが好きだって言ってたから。
真綾は嬉しそうにぱああっと顔を明るくして俺を見た。
「ありがとう……！　あの、お金……」
「いいよ。俺が勝手に買ってきただけだし」
「でも……」
まだ何か言いたそうだったけど、じっと見つめると、諦めたのかこくりと頷いた真綾。
「あ、ありがとうっ……とっても嬉しいっ」
ココアひとつでこんなにも幸せな顔をするなんて、真綾ほど慎(つつ)ましやかな人間に出会ったことがない。
きっと自分から、何かをねだるようなことはしないんだろうと思った。
だからこそ……真綾に求められてみたい。
俺が欲しいって、いつか絶対に言わせてみせる。
真綾が望めば、俺は全部真綾のものだから。
望まれなくても……もう、まーやのものだけど。

episode＊02

デート（仮）

補習が始まってから、１週間が経った。

高良くんは約束した日から、毎日遅刻せずに学校に来てくれている。

「まーや、今日のぶん」

補習の教室に入って、ふたりきりになる。開口一番、高良くんがそう言って手を広げた。

「は、はい……」

恥ずかしくて俯きながらも、ぎゅっと高良くんに抱きつく。

何回しても、恥ずかしいのは慣れない。

「あー……癒される」

高良くんは私をぎゅっと抱きしめ返しながら、そんなことを言った。

癒され……るの、かな。

本当にそうだったら、嬉しい……。

「あ、あの、そろそろ……」

これ以上は、ドキドキしているのがバレてしまいそうっ……。

高良くんは、私からそっと体を離した。

「ありがと」

嬉しそうに、笑顔を浮かべている高良くん。

ありがとうなんて……お、お礼を言われることではないのに……。

そう思いながら、こくりと頷いた。

「今回も満点です……！」

丸だらけのプリントを見て、私は目を輝かせた。

「高良くんはすごいです……！」

補習が始まってからというもの、高良くんは満点しかとったことがない。

簡単な小テストではなく、実際のテスト問題を交ぜた過去問のようになっているから、難易度は高いにも関わらずだ。

「大げさ」

全然大げさじゃないのに、高良くんはおかしそうに笑う。

「ってことで、補習終わり」

え？

立ち上がった高良くんに、驚いて首をかしげた。

いつもプリントが終わったら、残りの補習時間はふたりでゆっくり過ごしていた。

お互いのことを話したり、おすすめの曲を一緒に聴いたり……私には友達がいなかったから、何もかもが新鮮で、すごく楽しかった。

いつの間にか、高良くんとの補習の時間が楽しみになっていたけど……今日は何か予定でもあるのかな……？

それなら、仕方ないよね……。

私も帰ろうと思い、筆記用具をカバンに戻す。

「行こ」

　私のほうに、手を差し伸べた高良くん。

　帰ろうじゃなくて、行こう？

「え？　どこに……？」

「今日はまーやと行きたいとこあるから、付き合って」

　高良くんの発言に、一瞬理解が追いつかなくて思考が停止した。

　私と、行きたいところ……？

　どうやら帰るのではなく、今から遊びにいくということみたい。

　……えっ！

「ど、どこに行くんですか？」

「行ってからのお楽しみ。時間とか平気？」

「は、はいっ……！」

　これって……放課後に、友達と遊びにいくっていうシチュエーションだよね……？

　わっ、わぁっ……！

　嬉しくて楽しみで、舞い上がってしまいそう。

　どこに行くのかはわからないけど、私は笑顔で高良くんの手を取った。

　高良くんが連れてきてくれたのは、おしゃれな建物の前だった。

　洋風の、小さなお家みたい。

　よく見ると、看板に「キャットカフェ」と書かれていた。

　えっ……。

「ここって……猫カフェ、ですか？」

そう確認すると、高良くんが「ん」と頷いた。

「まーや、猫好きって言ってたから。あと、カフェも」

そんなこと、覚えてくれていたんだっ……。

それに、猫カフェ……人生で一度は行ってみたいと思っていた場所っ……！

まさか、本当に来ることができるなんて……！

嬉しくて嬉しくて、まだ中に入っていないのに胸がいっぱいになる。

あんな一瞬、さらっと言っただけなのに……こんな素敵な場所に連れてきてくれるとは思ってもいなかった。

「ありがとうございますっ……」

高良くんの気持ちが嬉しくて、お礼を言う。

「まーや……？　泣いてる？」

「な、泣いてません……！」

本当は涙が溢れそうなくらい喜んでいるけど、こんなところで泣いたら引かれるかもしれないから、ぐっと堪えた。

「ほんとに、まーやは大げさ」

高良くんが、柔らかい笑みを浮かべた。

その笑顔が綺麗で、心臓が高鳴る。何度見たって、この笑顔には耐性がつかない。

「そんなに猫好きだったんだ」

「はい……！」

私のストレス解消法は、ネットで猫の画像を検索すること。

　この世で一番癒し効果があると思ってるくらい、猫が大好き。
　でも、お母さんが猫アレルギーだから、うちでは猫は飼えないんだ。
　いつか猫を飼うことも夢で……。
「まーや、入ろ」
　高良くんが扉を開けてくれて、一緒に中に入る。
　早々に奥の部屋に猫がいるのが見えて、「はっ……」と変な声が出た。
「目、輝かせすぎ」
　だ、だって、本当に夢だったからっ……。
「い、いらっしゃいませ……！」
　駆け寄ってきてくれた店員さんが、高良くんを見て目を見開いていた。
　高良くん、本当にびっくりするくらい美形だから、当たり前の反応だと思う。
　ほかの店員さんやお客さんたちも、高良くんを見てこそこそ話している。
　みんな、目がハートだ。
「何頼む？」
　高良くんがメニューを開きながら、そう聞いてくれる。
　えっと……どうしよう……。
　私は優柔不断なタイプだから、うーんと頭を悩ませた。
　カフェに来る機会も少ないから、全部美味しそうで……困ってしまうっ……。

ケーキセット……スコーンのセットも美味しそう……。うーん……。

高良くんの視線に気づいて、ハッと我に返る。

「お、遅くてごめんね」

「全然、ゆっくり決めて」

全く急かさずに、見守るように待ってくれる高良くん。

高良くんって、いつでも優しいな……。

悩んだ末にやっと注文を済ませて、猫ちゃんたちのいる部屋に移動する。

「うわぁぁぁっ……」

かっ、可愛いっ……！

10匹以上の猫ちゃんたちがいて、どの子も可愛いを具現化したような見た目だった。

「て、天国ですっ……」

この世に、こんな場所があるなんてっ……。

幸せすぎて、10年は寿命が延びた気がする。

「触ってみたら？」

「い、いいんですか？」

私の言葉に、高良くんは「そういう店だから」と笑った。

そおっと、一番近くにいた猫ちゃんに歩み寄る。

その場にしゃがんで、猫ちゃんにゆっくりと手を伸ばした。

警戒心がないのか、全く逃げる様子はない。

手が、猫ちゃんに触れた。

「はぁっ……」

な、何これっ……。

「ふ、ふわふわっ……」

こんな感触、初めてっ……。

猫ちゃんも嫌がる様子はなく、ごろんと寝転がっている。

私は何度も撫で回して、猫ちゃんの感触を堪能した。

「高良くんも触ってみてください……！」

見てるだけなんてもったいないっ……。

そう思って声をかけた時、高良くんがじっと私を見ていたことに気づいた。

「高良くん？」

「ん？」

「あ、あの、どうしてこっちを見てるんですか……？」

猫ちゃんに夢中で、今まで気づかなかったけど……もしかしてずっと見られてたのかなっ……。

「せっかくだから、猫を……」

「俺はまーやを見るのが楽しいから」

えっ……。

衝撃的な発言に、高良くんのすべてを疑った。

こんなに可愛い猫ちゃんがいるのに、そんな中で私を見ているなんて……人生損してるよ。

そう思ったけど、高良くんは私を見ながら嬉しそうに笑う。

「まーやが一番可愛い」

「……っ」

何度言われたって慣れない。

　だって、高良くんに出会うまで……可愛いなんて言われたことがなかったから……。
「ぜ、絶対に、猫ちゃんのほうが可愛いです」
「いや、まーやが一番」
　否定しても、意見を曲げてくれない。
「猫なんてどうでもいい」
　あろうことか、全国の猫愛好家を敵にまわすような発言をした高良くん。やっぱり、高良くんはおかしいっ……。
　恥ずかしくて、私は猫ちゃんに視線を戻した。
　こんなに可愛いのに……この猫ちゃんより私のほうが可愛いなんて……絶対にあり得ない……。
「ねえ、あの人めっちゃかっこいいよ……！」
　あれ……？
　猫ちゃんに夢中で気づかなかったけど、周りを見るとみんなが猫ちゃんではなく高良くんを見ていた。
　猫カフェなのに、みんな高良くんに夢中なんておかしな状態になっている。
　高良くんの見た目は、どこに行っても人目を集めてしまう。
　高良くんと一緒に過ごすことが増えてから、目立つ人の苦労を感じるようになった。
　も、もちろん、私自身じゃなくて、熱視線を向けられて鬱陶しそうにしている高良くんの姿をよく見かけたから。
　高良くんがあんまり人と関わりたくないっていうのも、当然なのかもしれない。

　高良くんの容姿は文句のつけようがないくらい完璧なものだと思うけど、高良くんにとってそれは望んでいなかったことかもしれないし、今まで嫌な目にもあってきたと思う。

「高良くん、あの、居心地が悪かったら出ますか……？」

　決して広くはない場所で視線を集めているのは、苦痛かもしれない……。

　私に付き合わせて、高良くんが嫌な思いをするのだけは避けたい。

　高良くんにはいつだって、楽しませてもらっているから……。

「え？　あー……」

　私が考えていることがわかったのか、気まずそうに眉をひそめた高良くん。

「ごめん。嫌だった？」

「ち、違います……！　私は、高良くんが嫌だったら嫌だなって思ってっ……私は、とっても楽しいです！」

　そう伝えると、高良くんはほっと安堵の息を吐いて「よかった……」と呟（つぶや）いた。

「気にしなくていいよ。慣れてるし」

　そう言った高良くんの表情に、諦めのようなものが見えた。

「今更だけど、これ地毛なんだよ。不良とか言われてるのも知ってるけど……自分から喧嘩売ったことないし」

　そうだったんだ……。

でも、薄々気づいてた。高良くんの噂は友達がいない私ですらたくさん聞いていたけど、私の前にいる高良くんは噂とは真逆だったから。

噂も、ひとり歩きしてしまったものなんだろうなって……。

「見た目でしか判断されないから、周りに言ってもどうにもならないけど」

高良くん……。

悲しくて、胸がぎゅっと痛む。

見た目で判断されるって……きっと悲しいと思う。

本当は、こんなにいい人なのに……。

「た、高良くんは、とってもかっこいいと思います」

私は高良くんを見て、そう伝えた。

「……え？」

「でも、高良くんの一番の魅力は……優しいところだと思います……」

驚いて、目を大きく見開かせた高良くん。

その表情が……ゆっくりと、柔らかいものに変わった。

「……初めて、かっこいいって言われて嬉しいと思った」

これでもかってくらい、嬉しそうに笑った高良くん。

次の瞬間……私のことを抱きしめてきた。

「へっ……!?」

突然のことに、驚いて間抜けな声が出る。

高良くんを見ていた人たちが、困惑の声をあげていた。

ざわつく室内に、私はひとりパニック状態になる。

「あー、好きだー……」

高良くんは、耳元で囁いた。

抱きしめられていることとその告白に、私の顔は真っ赤に染まった。

「た、高良くん……！　み、みんなが見てますっ……！」

「慣れてるから平気」

こ、これはちょっと違うと思うっ……！

じたばたと身をよじると、高良くんは諦めたように放してくれた。

「俺も今、すっげー楽しい」

本当に幸せそうに笑うから、何も言えなくなってしまった。

高良くんが楽しいなら……よ、よかったっ……。

初めての猫カフェは、楽しい思い出と恥ずかしい思い出でいっぱいになった。

カウントダウン

　今日の補習が終わって、プリントを先生に提出する。

「おお……！　今日も満点か！」

　高良くんの回答用紙を見て、先生は笑顔になった。

「いやぁ、まさか獅夜がここまで頭がいいとはな……！　これからはちゃんと試験も受けてくれるといいんだけどなぁ」

　高良くんのことを褒められて、なんだか自分のことのように嬉しくなった。

「獅夜が真面目に補習を受けているのも、委員長のおかげだ！」

　え……？

「い、いえ、私は何も……！」

　実際、補習という名目で集まってはいるけど、高良くんに勉強を教えたことは一度もない。

　むしろ、私より高良くんのほうが頭がいいと思うから、私が教えられることなんてないと思う。

　全部、高良くんの実力だ。

「獅夜が委員長に懐く理由はわかる気がするよ」

　先生の言葉の意味がわからなくて、首をかしげた。

「委員長はいつもまっすぐだからな」

　まっすぐだから……？　ますます意味がわからない……。

　というか、懐くってっ……。

「教師が生徒口説いてんじゃねーぞ」
　後ろから低い声が聞こえて振り返ると、高良くんがいた。
　いつも職員室の前で待ってくれているから、高良くんが入ってきたことにびっくりした。
　何かとんでもない勘違いをしているのか、鋭い目で先生を睨んでいる高良くん。
「お、お前、何言ってるんだ……！　ほかの先生に誤解されたらどうするんだ……！」
　先生も、高良くんの発言に顔を青くしていた。
　困らせてしまったことを、心の中で謝った。
「もう用済んだだろ。まーや、行こ」
　声色を変えて、優しい響きで名前を呼ばれる。
「は、はい。先生、さようなら」
　挨拶をして、ふたりで職員室を出た。
　私は電車通学、高良くんは徒歩通学だから、駅まで一緒に帰る。
　お家とは逆方向なのに、いつも駅前まで送ってくれる高良くんは、本当に優しいと思う。
　申し訳ないからと何度か断ったけど、「俺が一緒にいたいから」と言ってくれた。
　さらっと少女漫画のヒーローみたいなことを言える高良くんは、本物のヒーロみたい。
　その相手が私っていうのは、やっぱり釣り合わないと思ってしまうけど……。
「まーや、あの担任のこと好きだったりしない？」

突然そんなことを聞いてきた高良くんに、目が点になった。

私が、先生を？

ど、どうしてそんな発想がっ……。

「あ、ありません。先生のことは、尊敬してますけど……」

断じて、恋心を抱いたことは一度もないし、そういう対象として見るという選択肢もなかった。

「ならよかった」

安堵の表情を浮かべた高良くんは、そっと私の頭を撫でてきた。

「まーやが年上の男が好きだったら困る。年齢はどうしようもないから」

そ、それは……。

「もしそうでも、俺は諦めないけど。まーやのこと一番好きなのは俺だし」

高良くんは……いつもまっすぐに、気持ちを伝えてくれる。

そのたび、私はどうしていいかわからなくて、黙り込んでしまっていた。

いつも、高良くんの気持ちから目を逸らしてしまっている気がする。

このままで、いいのかな……。

……もう、補習だって残り期間は少ないんだ。

そう考えて、ハッと気づいた。

そういえば……もう明後日で最後だ。

２週間の、長いようで短い補習期間が。

「ほ、補習、明後日で終わりですね」

話題を変えようとそう言ったけど、口に出すともっと実感が湧いてきて、寂しさが溢れた。

私にとって、この補習はすごく楽しい時間だったから……。

「うん」

短い返事のあと、少しの間沈黙が続いた。

「ずっと続けばいいのに」

私が思っていたのと同じことを高良くんが言うから、どきっと心臓が高鳴る。

私ひとりだけが感じているんだと思っていたから、嬉しかった。

「まーやも寂しい？」

えっ……。

高良くんが私の顔をじっと見つめながら、そんなことを聞いてきた。

図星だから、返事に困ってしまう。

「……冗談」

悩んでいると、高良くんが少しだけ悲しそうに笑った。

……っ。

私が答えないから……気を使わせてしまったのかもしれない……。

ひとこと、「うん」って言えばいいだけだったのに……。

ためらってしまったのは、何かが変わってしまう気がしたから。

高良くんとの今の関係が心地よくて、ずっとこのままでいたくて……関係が変わってしまうことを恐れてしまった。

「それじゃあ、また明日」

あっ……もう駅に着いてたんだ。ぼうっとしていて気づかなかった。

「送ってくれて、ありがとうございます……」

「いつも、言ってるだろ。俺が一緒にいたいだけだって」

私に気を使わせないように、そんなふうに言ってくれる。

高良くんはいつだって私のことを考えて、優しい言葉だけをくれるのに……私は高良くんが欲しがっている言葉を、ひとつも返せていない。

「気をつけて帰って」

高良くんは笑顔で、また頭を優しく撫でてくれた。

こくりと頷いて、改札へ向かう。

私は……もらってばかりだ。

優しさも、楽しさも、思い出も……与えてもらうばっかり。

こんな臆病で何もしてあげられない私のことを、どうして好きでいてくれるんだろう。

そのうち……愛想を尽かされるかもしれない。

そう思うと、ぽっかりと心の中に穴が空くような寂しさに襲われた。

気持ちに応えることはできないのに、いなくなってほしくないなんて……私はなんて自分勝手な女なんだろう。

こんなんじゃ本当に……高良くんに嫌われちゃう。

『まーやが一番可愛い。大好き』

私は高良くんのこと……どう思ってるんだろう。

優しくて、いい人だと思うけど……それ以上の感情は？

好きって……どんな感覚なんだろう。

わからないことだらけで、想像もできない。

とにかくわかるのは、高良くんとずっと一緒にいたいと思っていることだけだった。

ついに迎えてしまった、補習の最終日。

今日は朝から、重たい気持ちで家を出た。

補習が終わったら、もう高良くんと一緒にいる時間もなくなるのかな……。

どうなっちゃうんだろう……。

学校生活が楽しいと思えたのも、放課後が待ち遠しくなったのも……全部高良くんのおかげだから……。

「たま！」

廊下を歩いていると、聞き覚えのある声に名前を呼ばれて背筋が凍った。

「ひっ……！」

い、岩尾くんっ……？

最近は声をかけられることもなかったから、油断してた。

というか、ここ、教室の前でもないのに……。

いつもなら、岩尾くんは自分の教室の前で待ち伏せているけど、ここは移動教室の前だ。

　わざわざこんなところで待ち伏せてたのかな……？
　岩尾くんはキョロキョロと辺りを見渡したあと、安堵の表情を浮かべてから私の腕を掴んだ。
「話があるからちょっと来い」
　がしりと掴まれて、体が強張る。
「……や、やだっ……！」
　手を振り払おうと腕を動かしたけど、掴む力が強くて逃げられない。
「あ？　逆らってんじゃねーよ」
　岩尾くんは眉間にシワを寄せて、私のことを引っ張った。
　空き教室に連れ込まれそうになって、怖くて手が震える。
　岩尾くん、今まではそんな乱暴なことしなかったのに……。
　どうして、こんなに怒ってるのっ……？
　中に連れられそうになった時、岩尾くんの腕が長い足に蹴られた。
「……ッ！」と、声にならない声をあげて、痛みを堪えている岩尾くん。
　顔を上げると、見たこともないくらい怖い顔をした高良くんがいた。
「何してんの？」
　床に倒れて腕を抑えている岩尾くんを、見下ろしている。
　岩尾くんの腕はすごく痛そうで心配になったけど、高良くんが来てくれてほっとした。
「真綾に近寄るなって言ったよな？　お前、言葉も理解で

きねぇのか？」
　高良くんは低い声でそう言って、さらに岩尾くんを殴ろうとした。
「た、高良くん……！　もう大丈夫だよ……！」
　すぐに高良くんに駆け寄ってなだめる。
「何もされてないか？」
「う、うん……！　平気だから、それ以上はっ……」
　そう言うと、高良くんは不満そうにしながらもわかってくれたのか、手を下ろした。
「……行こ」
　私の手を握って、歩き出した高良くん。
　まだ痛みを堪えている岩尾くんを置いて、高良くんについて行った。
　教室に行くんだと思ったけど、高良くんが向かったのは補習を行っている空き教室だった。
「大丈夫か？」
　中に入ると、椅子に私を座らせて、心配そうに聞いてくれた高良くん。
　まるで小さい子に聞くみたいな優しい声色に、心臓が高鳴ってしまう。
「は、はい……」
「ならよかった」
　安心した様子で、ほっと息を吐いた高良くん。
　高良くんがどれだけ心配してくれたかがわかって、思わず視線を逸らしてしまった。

「……ん？　なんで顔赤くなってんの？」

えっ……。

言われて初めて、自分の顔が赤くなっていることに気づいた。

自分でも、どうして照れているのかわからない。

ただ……本当に大事にされているんだなって、実感してしまって。

嬉しさとか、恥ずかしさとかで……なんだか胸がいっぱいなんだ。

「まーや、耳まで真っ赤」

高良くんの指が、私の耳に触れた。

くすぐったくて、思わず肩が跳ねる。

メガネのテンプルに触れて、カチャッと音がなった。

「なあ、このメガネ伊達？」

私をじっと見つめながらそう聞いてくる高良くんに、ごまかす理由もなく頷いた。

「は、はい」

高良くんは何か言いたげな顔をしたけど、飲み込むように口を閉じた。

多分……どうしてこんな伊達メガネをかけているのか、不思議に思ったんだと思う。

だけど……私に気を使って、聞かないでくれてるのかな。

その優しさに、笑みが溢れた。

「あの、そんなに深刻な理由じゃないので大丈夫ですよ」

と言っても、話して気分がよくなる理由でもないけど……高良くんには話してもいいと思った。
「一度不登校になった時期があって……人と話すのが怖くなった時に、お母さんがくれたんです」
「……」
「このメガネがあれば、レンズ１枚の壁ができて……人の顔を見られるようになって……それで、ずっと手放せなかったんです」
　私の話を、じっと黙って聞いてくれている高良くん。
　あまりに真剣な表情だから、恥ずかしくて視線を逸らした。
「それに、私は容姿がいいわけじゃないので……少しでも隠せたらなって」
　今はどちらかというと……そっちの理由のほうが大きいかもしれない。
『おいブサイク！』
　幾度となく言われた岩尾くんからの言葉を思い出して、胸が痛んだ。
　こうやって、私はいつまでも引きずってる。
「そんな大したことない理由なんですけど、メガネに頼ってばっかじゃダメですよね……」
　いい加減外さなきゃってことも、わかってるから……。
「別に、怖いなら無理しなくていいだろ？」
　え……。
　高良くんはいつになく優しい声色でそう言って、私の頭を撫でてくれた。

「それに……」

　顔を上げると、優しい眼差しと視線がぶつかる。

「誰よりも綺麗だ」

　……っ。

「俺はまーやの顔、四六時中見てたいくらいだし」

　私は自己評価が低いほうだと自覚があった。だから……こんなふうに自分を評価してくれる人が現れるなんて、思っていなかったんだ。

　高良くんはいつだって、私の当たり前を壊してくれる。

「早く怖くなくなるといいな」

「は、はいっ……」

　いつか……ううん、いつかじゃない。早く……当たり前のように、このレンズを隔てずに高良くんと接したい。

　高良くんとなら、きっと今だって……。

「でも……メガネ外したら絶対にモテるから、それはそれでムカつく」

　……っ、え？

　なぜか突然不機嫌になった高良くんは、またよくわからないことを言い出した。

「まーやのこと誰よりも幸せにしたいけど、まーやのこと好きな奴が増えんのは嫌」

　そ、そんなっ……。

　まるでヤキモチを焼いているみたいな発言に、さっき以上に顔が熱を帯びた。

「何その反応」

高良くんはそんな私を見て、なにやらため息をついている。

「はぁ……今日も可愛い」

「かわっ……」

「そんな可愛い顔してたらキスするけど」

「ダ、ダメっ……！」

心臓に悪いことを言ってくる高良くんに即答すると、いたずらっ子みたいな笑顔が帰ってきた。

「冗談」

ドキッと、心臓が大きく脈を打った。

その笑顔が眩しくて、いつもより速い鼓動は収まりそうにない。

高良くんのいろんな顔を見るたび、もっと知りたくなる。

もっと……一緒に、いれたらいいのに。

補習、終わってほしくないな……。

そんなわがままなことを、願ってしまった。

恋の痛み

いつもは放課後が待ち遠しいのに、今日は時間が経たないでほしいと願っている自分がいた。
今日が終わったら、補習の時間も終わってしまうから。
会えなくなるわけではないけど、補習の時間は特別な時間だった。
最初は、怖いなって思ってたのに……こんなふうに思う未来が待ってたなんて。
高良くんと、もっといたいって……どうしても思ってしまう。
私は……卑怯だ。
毎日気持ちを伝えてくれる高良くんに、まだ答えが出せないでいるのに、一緒にはいたいと思うなんて……なんてわがままなんだろう。
それでも、今はっきり言えるのは、一緒にいたいってことだけで……。
それを伝えたら、高良くんを困らせてしまうかな……。
思い切って……言ってみようかな……。
体育の授業が終わって、教室に戻る。
更衣室は男女離れた場所にあるし、体育も男女別だから高良くんがそばにいない時間。
そういえば、高良くんは保健室で寝るって言ってたけど、もう戻ってきてるかな。

お手数ですが
切手をおはり
ください。

郵便はがき

104-0031

東京都中央区京橋1-3-1
八重洲口大栄ビル7階

スターツ出版(株)　書籍編集部
愛読者アンケート係

(フリガナ)
氏　名

住　所　〒

TEL　　**携帯／PHS**

E-Mailアドレス

年齢　　**性別**

職業

1. 学生(小・中・高・大学(院)・専門学校)　2. 会社員・公務員
3. 会社・団体役員　4. パート・アルバイト　5. 自営業
6. 自由業(　　)　7. 主婦　8. 無職
9. その他(　　)

今後、小社から新刊等の各種ご案内やアンケートのお願いをお送りしてもよろしいですか?

1. はい　2. いいえ　3. すでに届いている

※お手数ですが裏面もご記入ください。

お客様の情報を統計調査データとして使用するために利用させていただきます。
また頂いた個人情報に弊社からのお知らせをお送りさせて頂く場合があります。
個人情報保護管理責任者:スターツ出版株式会社 販売部 部長
連絡先:TEL 03-6202-0311

愛読者カード

お買い上げいただき、ありがとうございました！
今後の編集の参考にさせていただきますので、
下記の設問にお答えいただければ幸いです。よろしくお願いいたします。

本書のタイトル（　　　　　　　　　　　　　　　　　　　　　　　　　　　　　　　）

ご購入の理由は？　1. 内容に興味がある　2. タイトルにひかれた　3. カバー（装丁）が好き　4. 帯（表紙に巻いてある言葉）にひかれた　5. 本の巻末広告を見て 6. ケータイ小説サイト「野いちご」を見て　7. 友達からの口コミ　8. 雑誌・紹介記事をみて　9. 本でしか読めない番外編や追加エピソードがある　10. 著者のファンだから　11. あらすじを見て　12. その他（　　　　　　　　　　　　　　　　　　　　　　　　　　　　　　　）

本書を読んだ感想は？　1. とても満足　2. 満足　3. ふつう　4. 不満

本書の作品をケータイ小説サイト「野いちご」で読んだことがありますか？
1. 読んだ　2. 途中まで読んだ　3. 読んだことがない　4.「野いちご」を知らない

上の質問で、1または2と答えた人に質問です。「野いちご」で読んだことのある作品を、本でもご購入された理由は？　1. また読み返したいから　2. いつでも読めるように手元においておきたいから　3. カバー（装丁）が良かったから　4. 著者のファンだから　5.その他（　　　　　　　　　　　　　　　　　　　　　　　　　　　　　　　）

1カ月に何冊くらいケータイ小説を本で買いますか？　1. 1～2冊買う　2. 3冊以上買う　3.不定期で時々買う　4.昔はよく買っていたが今はめったに買わない　5.今回はじめて買った

本を選ぶときに参考にするものは？　1. 友達からの口コミ　2. 書店で見て　3. ホームページ　4. 雑誌　5. テレビ　6. その他（　　　　　　　　　　　　　　　　　）

スマホ、ケータイは持ってますか？
1. スマホを持っている　2. ガラケーを持っている　3. 持っていない

学校で朝読書の時間はありますか？　1.ある　2.今年からなくなった　3.昔はあった　4.ない

ご意見・ご感想をお聞かせください。

文庫化希望の作品があったら教えて下さい。

学校や生活の中で、興味関心のあること、悩みごとなどあれば、教えてください。

いただいたご意見を本の帯または新聞・雑誌・インターネット等の広告に使用させていただいてもよろしいですか？　1. よい　2. 匿名ならOK　3. 不可

ご協力、ありがとうございました！

教室の近くまで来た時、突然私の前に３人の女子生徒が現れた。

校則に引っかかってしまうだろう派手な化粧をしている、華やかな人たち。

ピアスやネックレスなど、アクセサリーもたくさんつけていて、髪もカラフルな色に染めている。

見るからに“不良”の装いをした人たちに、体が強張る。

「あんた、玉井真綾？」

え？

「は、はい」

「ちょっと来な」

私の腕を掴んで、歩き出した不良さんたち。

どうして、私っ……。

怒っているみたいだけど、身に覚えもないし、私はこの人たちのことを全く知らない。

あ……もしかして……。

怖い人たちに呼び出される理由なんて、ひとつしか思い浮かばなかった。

高良くんの、こと……？

高良くんと一緒にいるようになってから、女の子から睨まれることが増えたけど、直接何か言ってくる人はいなかった。

声をかけられそうになったことはあるけど、すぐに高良くんが助けてくれたから、被害にあったことはない。

まさか、体育の時間を狙って待ち伏せされるほど恨まれていると思わなかった。

　どうしよう……っ。

　怖くて、私は逃げ出すこともできずに引かれるがままついていった。

　連れてこられたのは、人目のない裏庭だった。

　３人の怖い人たちは、きっと先輩だと思う。会ったことがないから、同級生ではないと思う。

　年上だと、一層怖くなって、私は肩を縮こめた。

　みんな腕を組みながら、私のことを睨んでいる。

「あんた……最近高良さんにつきまとってるでしょ？」

「えっ……」

　高良くん関連だろうとは思ったけど、高良くんはみんなから獅夜くんって呼ばれているから、少し驚いた。

　この時点で、高良くんと親しい人なのかなと推測する。

「鬱陶しいからやめてくれない？」

　怖くて、言葉が出てこない。

　なんて、言えば……。

「そうそう。高良さんにはね、あんたなんかじゃ太刀（たち）打ちできないくらい美人の恋人がいんのよ」

　――え？

　私はその発言に、衝撃を受けた。

　美人の、恋人……？

　う、嘘……。

　確かに、高良くんくらい容姿の整った人なら、美人の彼女のひとりやふたりいたって不思議じゃない。

　でも、高良くんは……私のことが好きだって言ってくれた。

『俺が好きなのはまーやだけだから』

『まーや以外いらない』

　高良くんの言葉を、嘘だなんて思いたくない……。

　疑うことは、高良くんにとって一番失礼なことだと思ったから。

「そ、そんなはず、ありません」

「あ？」

　ひっ……。

　反論した私を、睨みつけたボス格の人。

「事実だっつーの。何？　認めたくないわけ？」

　きっと……何かの間違いだと、思うから。

「じゃあ証拠見せてあげる。ねえ、写真ある？」

　そう言って、スマホをいじりだした不良さんたち。

　なんだか不安な気持ちが込み上げてきて、ごくりと息を飲む。

「あ、これでいいじゃん。ほら」

　そう言って、私に画面を向けた。

「え……」

　映っていたのは……高良くんが、抱きつかれて頬にキスをされている写真だった。

　深い茶色の髪を巻いて、ぷっくりとした唇の綺麗な女性。大人っぽく見えるから、多分年上の人だと思う。

　表情は穏やかとは言えなかったけど、高良くんが触れるのを許している時点で親しい関係であることはわかる。

それに……後ろのテレビに映る日付を見て、それが先週撮られたものだとわかった。

女の子に話しかけられただけで殺気立つ高良くんが……キスをされても拒否しないなんて……。

……そ、っか……。

私、恥ずかしい……。

そんなわけないとか、高良くんは私のことを、本当に好きでいてくれてるって……勝手に勘違いしてた。

さっき、この人たちに否定した自分がとても惨めに思えた。

高良くん……本当に恋人がいたんだ……。

心臓が、張り裂けそうなほど痛い。

「わかった？　今後、高良くんには近づかないようにね」

「……はい……」

恋人がいるなら……私みたいなのが、気安く一緒にいたらダメだよね……。

写真に写っていた彼女さん、凄く美人だった……。

私なんて、絶対に敵わない……っ。

「次、近づいたらタダじゃおかないから」

そう言って、もう用事が済んだとばかりに去っていった不良さんたち。

私は衝撃が大きすぎて、その場から動けなくなった。

『まーや、俺のこと好きになって』

『可愛い……』

『好きすぎて、おかしくなりそう』

高良くんのセリフが、頭の中をこだまする。

全部、冗談だったのかな……。

どうして……私なんかに近づいたんだろう……。

高良くんのこと、少しずつわかりはじめたと思ったのに、一瞬でわからなくなった。

私の知っている高良くんは、幻(まぼろし)だったのかな。

考えたって、わかるわけない。

今日の最後の補習。これが終わったら……もう、高良くんから離れよう。

胸が痛くてたまらなくて、涙がにじむ。

高良くんに恋人がいることにショックを受けている自分に気づいて、もう認めざるを得なくなった。

私……高良くんのこと、大好きだ……。

わからないなんて言っていたけど、好きじゃなかったら、こんなに苦しくないはずだ。

こんなの……もう、恋だった。

とっくに……高良くんに惹かれてたんだ。

気づいたってもう何もかも遅いのに、私は自覚してしまった恋心に蓋をするように胸を押さえた。

まだ大丈夫……今なら、傷も浅くて済む……。

忘れるんだ……高良くんのこと……っ。

最後の補習

授業が始まるギリギリになって、ようやく教室に向かった。

本当は今は高良くんの顔を見れないと思ったけど、授業をサボるわけにはいかなかったから。

「あ……いた」

教室に戻って早々に、高良くんと目があった。

それだけなのに、ズキッと心臓が痛む。

「戻ってこないから、心配した」

高良くんの表情には焦りが見えて、心配してくれたことが伝わってくる。

それがますます、私の頭を混乱させた。

高良くんは……本当は、何を考えているんだろう。

「なんかあった？」

顔に出てしまっていたのか、そう聞かれて慌てて平静を取り繕(つくろ)った。

「い、いえ、何もありません……！」

今日の補習は、いつも通りにしてやり過ごさなきゃ……。

恋人がいるんですよね、なんて聞けない。

気まずくなることは目に見えているし、何より、高良くんの口から訳を聞きたくなかったから。

「ならよかった」

ほっと、安堵の表情を浮かべた高良くん。

　高良くんといる時間が、こんなにも苦しく感じるなんて……初めてだった。
　その日は放課後になるまで、気を緩めたら涙が出そうだった。
　自分が、こんなにもショックを受けるなんて……。情けなくて、さらに惨めになる。
　今日の補習が終わったら……もう、高良くんには近づかない。
　彼女さんにも失礼だから、これでいいんだ。
　私も……これ以上、高良くんのことを好きになりたくない。
「終わった」
　いつものように、ものの数分でプリントを解き終わった高良くん。
　ひとつずつ、丸付けをしていく。
「最後のプリントも満点です。おめでとうございます」
　私は今の自分が作れる精一杯の笑顔を向けた。
「ありがと」
　……これで、私の役目は終わり。
「私、先生に提出してきます」
　プリントを持って、そっと立ち上がる。
「……なんで？　まだあとででいいじゃん。いつも帰りに持っていってるんだし」
　高良くんの言う通り、いつもは補習の２時間が過ぎてから、帰る時に職員室に持って行っている。

でも、今日はもうこれ以上ここにいたくない。
「今日、最後なんだし。ゆっくりしよ」
「……」
「俺、まーやと過ごす補習の時間、めちゃくちゃ好きだったから終わんの嫌だ」
私、だって……。
でも、高良くんは……。
あの写真さえなければ、高良くんのことを疑いもしなかった。
そのくらい、いつもまっすぐに気持ちを伝えてくれていたから。
でも……あれを見せられてしまったら、もう高良くんの言葉を信じられない。
「2週間って、こんな一瞬だったっけ？」
冗談っぽくそう言って、微笑む高良くん。
「そう、ですね」
その笑顔を見て、やっぱり好きだと思ってしまう。
「……まーや」
高良くんが、私が大好きな優しい声で名前を呼んできた。
「俺のこと、好きになった？」
そんなことを聞く高良くんが、すごく残酷な人に見えた。
下唇を、ぎゅっと噛みしめる。
好きに、なったよ高良くん。
なっちゃったんだ……。
「って、まだわからないか。2週間だし」

彼女がいるって知らなかったら、このまま気持ちを伝えてしまっていたかもしれない。

私も好きですって、言いたかった……っ。

「……ごめんなさい」

「ん？」

「私、高良くんのこと……きっと何があっても好きになれません」

嘘なんてつきたくなかったけど、これは高良くんのための嘘だと割り切った。

私になんてもうかまわなくていいから……彼女さんと、幸せになってほしい。

「なんで？」

高良くんが、声のトーンを下げた。

怒っているとかそういう感じではなく、ただ困惑しているように思えた。

「好きになれないことに、理由なんていらないと思います……」

言い方がきつくなってしまったけど、そうでもしないと高良くんのことを振り切れない。

もう、完全に関係を断ちたいから。

「それが、まーやの正直な気持ち？」

少しの沈黙のあと、そう聞いてきた高良くん。

「はい」

再び、補習室に重い空気が流れた。

「……わかった。今は俺のこと好きじゃなくてもいいから、これからも頑張らせて」
　違うの、そうじゃなくて……。
「俺はまーやのこと、絶対に諦めないから。まーやしか好きになれない」
　まっすぐに私の目を見て、そう言ってきた高良くん。
　私の中の決心が、揺らぎそうになる。
　その言葉が……本当だったらよかったのにっ……。
「……ごめんなさい」
　涙を堪えて、なんとか言葉を続ける。
「もう……一緒にいたく、ないです」
　お願いだから……これ以上好きにさせないで。
　本当に、忘れられなくなってしまう。
　友達もいなくて、いつもひとりぼっちだった私に……高良くんの存在は大きすぎた。
　一緒にいるのが楽しすぎて、このままじゃ高良くんがいなくなったあと、寂しくて耐えられなくなっちゃいそうだから……ここで、お別れしたい。
「補習も、嫌々だった？」
「……はい」
　こんなひどい嘘ついて、ごめんね高良くん。
　傷つけたくなんてないのに……。
　補習の時間は、私にとってかけがえのない時間だった。
　高良くんと過ごした時間は、いつまでも忘れないと思う。
　そのくらい……楽しくて、幸せで、どこを切り取ってもキラキラしている思い出でいっぱいだった。

「わかった」

高良くんが、そっと立ち上がった。

そのまま、教室を出ていった高良くん。

ひとり残された私は……ようやく堪える必要がなくなった涙を流した。

声を押し殺して泣いたあと、目の腫れが治まってから先生にプリントを提出しにいった。

メガネをかけているからか、幸い先生には怪しまれなかった。

オレンジ色の綺麗な空を見る気にはなれず、俯いたまま帰り道を歩く。

明日から……高良くんに会うの、気まずいな……。

そういえば……今日はハグもしてない。

あの約束も、もうきっとなくなってしまった。

高良くん……学校に来てくれるかな。

会うのは気まずいけど、また不登校になってほしくはない。

将来のためにも……高良くんにはきっちり進級してほしいから……。

……私、矛盾ばっかりだな……。

自分のことが嫌になって、また涙が滲む。

「たま!!」

……え？

私を「たま」と呼ぶのは、ひとりしかいない。

誰かわかったからこそ、振り向けなかった。

　こんな情けない顔見られたら……バカにされるに決まってる。
「今……ひとりか？」
　早足で逃げようと思ったけど、すぐに追いついてきた岩尾くんが私の前に立った。
　顔を見られないように深く俯いたけど、岩尾くんは視線を合わせるように顔を覗き込んでくる。
「お前、なんで泣いてるんだよ……！」
「な、泣いてません」
「泣いてんだろ」
　よりにもよって、岩尾くんと遭遇しちゃうなんて……。
　家が近所だから、仕方がないけど……一番会いたくない人だった。
「ほ、放っておいてっ……」
　いつもなら、岩尾くんが怖くて突き放すようなことは口にできないけど……今日ばかりはそんなこと言ってられない。
　とにかく、ひとりになりたい。
「放っておけるわけ、ないだろ」
　なのに、岩尾くんは私の気持ちを無視して肩を掴んでくる。
「あの男か？」
「……」
「獅夜だろ？　なんで泣かされたんだよ」
「違う……岩尾くんには、関係ないよっ……」

岩尾くんに反論するなんて、自分自身に驚いた。
「関係あるっつーの……！」
大きな声で、そう言った岩尾くん。
驚いて、思わず顔を上げる。
視界に映った岩尾くんは……顔を赤くしながら、切羽詰まった表情をしていた。
「俺はなあ……」
口を開けては閉じ、開けては閉じを繰り返し、なかなか先の言葉を言わない岩尾くん。
「お、まえの、ことが……」
いつも威張（いば）っている岩尾くんの戸惑っている姿に、この人は本当に岩尾くん？と疑ってしまう。
たどたどしい口調のまま、岩尾くんは言葉を続けた。
「……好、きだ」
――……え？
今、なんて言った……？
岩尾くんの口から、出るはずのないセリフ。
「ずっと……好き、だった」
聞き間違いだと思ったのに、岩尾くんはもう一度その言葉を繰り返した。
晴天の霹靂（へきれき）とはまさにこのことで、何もかもがわからなくなる。
好き？
岩尾くんが、私を？
「どうして……？」

高良くんに告白された時よりも、あり得ないという気持ちで頭の中が埋め尽くされた。

いつから？　どういう意味で？

それに……どうして今……。

「ど、どうしてって、なんだよ」

「岩尾くん、私のこと嫌いなはずじゃ……」

「は!?　お前のこと嫌いだった時なんか一瞬もねぇよ！」

何、言ってるんだろう……。

バカだブスだと、罵られた日々を思い出す。

「初めて会った時、一目惚れした」

初めてって……小学１年生の入学式……？

それを聞いて、もっと信じられなくなった。

「でも、私のことブスだっていっつも……」

「て、照れ隠しだろーが……！　そんくらいわかれよ……！」

わから、ないよ……。

いじめられてるって、思ってたのに……。

今までの岩尾くんの行動がすべて恋愛感情があってのものなら、岩尾くんは歪んでいるとすら思う。

岩尾くんに嫌がらせされるのが苦痛で、学校に行けない時期もあったのに……。

「俺がずっと囲ってたのに、あいつが現れて……めちゃくちゃだ」

囲うという言葉を使った岩尾くんが、とても怖く思えた。

「もう、なりふりかまってらんねーんだよ。あんな奴に、絶対渡さない」

焦りを滲ませながら、思いをぶつけてきた岩尾くん。

その気持ちを、どうやったって受け入れられなかった。

「なあ、脅(おど)されて獅夜と一緒にいるんだろ？」

「ちが……」

「俺が守ってやるから、あんな奴やめとけ」

岩尾くんの口から「守る」なんて言葉が出てきたことに、違和感しかない。

「お前を一番好きなのは俺だ」

そう言って、岩尾くんは私を抱きしめようとしてきた。

「や、やめてっ……！」

体が拒絶反応を起こして、岩尾くんの胸を押す。

そのまま、逃げるように走り出した。

「たま!!」

ありえない……岩尾くんが、私を好きだったなんて……。

おかしいよっ……。

岩尾くんの今までの行動は、どう考えても好きな相手にするものではないから。

もう……頭の中が、ぐちゃぐちゃだ……。

葛藤

目の腫れがひどい……。
朝、鏡で自分の顔を見て驚いた。
昨日ずっと泣いていたから……すごいことになってしまった……。
あんなに泣いたのは、生まれて初めてかもしれない。
私は強い人間ではないと思うけど、そこまで泣くことは少なかった。
岩尾くんからずっと嫌がらせを受けていたから、辛いことに少し慣れていたっていうのもあった。
……まさかその岩尾くんに、告白されるなんて思ってもいなかったけれど。
あれは、本気で言っていたのかな……。
『初めて会った時、一目惚れした』
本当だとしたら、岩尾くんは正直おかしいと思う。
照れ隠しだと言っていたけど、岩尾くんから愛情を感じたことは一度もなかったし……。
私が鈍感なのではなく、岩尾くんがおかしいんだと思う。
高良くんに会うのは気まずいけど、それ以上に岩尾くんに会うほうが気まずい。
学校に行くのが、憂鬱(ゆううつ)だ……。
重たい足取りで、通学路を歩く。
私のクラスに行くには、岩尾くんの教室の前を通らないといけない。

　急いで通り過ぎようとした時、中から岩尾くんが出てきた。

「たま……！」

　すぐに逃げようとしたけれど、腕を掴まれてしまう。

　そして、昨日の告白が現実だったことを改めて自覚する。

「お前、昨日逃げやがって……」

　怒っている岩尾くんが怖くて、腕を振り払えなくなった。

「ご、ごめんなさい……」

「……ちっ、別に怒ってねーし」

　そう言いながら、不機嫌そうな態度は崩さない岩尾くん。

　どうやってこの場から逃げようと思った時、窓から正門が見えた。

　門をくぐり、歩いてくる人の姿に目を疑う。

　高良くん……。

　私が驚いたのは、高良くんが学校に来たからじゃない。

　その周りに……女の子がたくさんいたから。

　高良くんの腕に自分の腕を絡めている女の子もいて、自分の目を疑ってしまう。

　何より……周りにいる子の中に、彼女さんの姿がないことに驚いた。

　高良くん……いつも話しかけられても、嫌がって返事すらしなかったのに……。

　一体、どんな心境の変化だろう。

　もしかして……女の子が嫌いって噂は、嘘だったの……？

でも、私にはちゃんと苦手だって言ってたはず……それも嘘だった……？

高良くんのことが……どんどんわからなくなっていく……。

「なんだよあれ」

岩尾くんも高良くんの姿に気づいたのか、目を見開いている。

「お前ら、喧嘩でもしたのか？」

「……違います」

「じゃあなんだよ」

こんなこと……岩尾くんに話せない。

「捨てられたか？」

その言葉に、ドキッとして肩が跳ねた。

岩尾くんはその反応を肯定ととったのか、にやりと口角を上げた。

「やっぱり、お前のこと大事にできるのは俺だけだな」

どういう意味だろう……。

大事になんて、してもらった憶(おぼ)えは一度も……。

そう思ったけど、心の中にとどめておいた。

「私、教室に行きますっ……」

「あ、おい……！」

隙を見て、岩尾くんから逃げ出す。

教室に着いて、ほっと胸を撫でおろした。

できるだけ、岩尾くんとは一緒にいたくないな……。

でも、同じ高校にいる以上、どうやったって避けきれない。

好きって言われても……申し訳ないけれど、私には脅しにしか聞こえなかった。

きっと岩尾くんの好きは私の知っている好きとは違うと思う。

都合のいいおもちゃくらいにしか思われていないと思うし……岩尾くんも、勘違いしているだけなんじゃないかな……。

今まで誰とも仲良くなれなかった私が、高良くんと一緒にいるようになって……おもちゃを奪われたような感覚になったのと一緒だと思う。

自分の席について、カバンをかける。

ちらりと、隣の席を見た。

さっきの光景が、焼き付いて離れない……。

高良くん、表情まではっきりと見えなかったけど……女の子に囲まれてた。

彼女がいるのに……あんなに堂々とほかの女の子と一緒にいてもいいのかな……。

って、私といた時点で、ダメだよね……。

きっと、同じ学校の子ではないのかもしれない。

あんなふうに複数の子をはべらかして歩くなんて……女の子なら、誰でもよかったのかな……。

そうだとしても、わざわざ私みたいなのを選んで一緒にいても、楽しくなかったと思うのに……。

……あ、そっか。

高良くんがどうして私と一緒にいたのか、わかった気がする。

私が、地味で、高良くんの周りにはいないタイプの女子だったから……興味本位で近づいたのかもしれない。

そう思うと、胸がずきっと痛んだ。

まだ、現実を受け入れられない私がいる。

高良くんはそんな人じゃないって、信じたい自分がいた。

こんなこと、考えたって無駄なのに……。

最後に、ちゃんと聞けばよかった。

私にくれた言葉は、全部が全部嘘だったの……って。

少しだけでも……好きだと思ってくれたことは、あったかな……。

……やめよう。虚(むな)しくなるだけだ。

高良くんのことは……もう忘れるんだ。

あの日から１週間。高良くんは、教室には来なくなった。

授業も、あれから一度も受けていない。

ただ、学校には来ているみたいで、毎日一度は高良くんを見かける。

そして……いつもその周りには、違う女の子がいた。

お昼休みに裏庭に行こうとした時、高良くんたちがたむろしているのが見えた。

廊下で、いつものように女の子数人に囲まれている。

高良くん……また違う女の子といる……。

これって……浮気、なんじゃないのかな……。

彼女さんは、知ってるのかな……？　隠して女の子と遊んでいるのかな……？

どっちにしても、悲しい。

ほかの女の子とこんなに親しそうにされたら……彼女さんは、きっと悲しんでいると思う。

なんて、少し前まで毎日ハグをしていた私が言える立場じゃない。

今思えば、高良くんの彼女さんには最低なことをしてしまった。

浮気なんて、一番いけないことなのに……。

心の中で謝って、回れ右をする。

さすがに高良くんたちの前を通っていく勇気はないから、遠回りして裏庭に向かった。

何より……今の高良くんを、見たくない。

私が知ってる、私が好きになった高良くんが……消えてしまいそうになるから。

……それだけは、嫌だった。

「たま……！」

お昼ご飯を食べ終わって教室に戻ろうとした時、岩尾くんが現れた。

あれ以来、岩尾くんは毎日私に声をかけてくる。

今までも会えばちょっかいをかけられていたけど、最近は休み時間にも来るようになったり、どこにいても現れるから気が気じゃなかった。

「話がある、ちょっと来い」

廊下で手を掴まれて、体がびくりと震える。

「わ、私は……ないです」

「黙って来いって──」

「お願い、します。やめて……」

　何度かまわないでと言っても、岩尾くんは聞いてくれない。

　本当に好きでいてくれてるなら……そっとしておいてほしい、のに。

「岩尾くんといると目立つから、嫌です……」

　今も、廊下を歩いているほかの生徒さんたちが私たちを見ていた。

「……ちっ」

　岩尾くんは不満そうにしながらも、手の力を緩める。

「……放課後一緒に帰るぞ」

「ひとりで……」

「昇降口で待ってるからな」

　私の言葉も聞かず、一方的にそう言って去っていった岩尾くん。

　いつまで、続くんだろう……。

　私は俯いたまま、駆け足で教室に戻った。

ヒーロー

「たま」
　放課後になって帰ろうとした時、声をかけられた。
　岩尾くん……。
「帰るぞ」
　私の前に立って、見下ろすようにそう言った。
「岩尾くん……いつも言ってるけど、もう、私のことはそっとしておいてほしいです……」
「あ？」
　不機嫌そうに眉間にシワを寄せた岩尾くんに、びくりと肩が跳ねた。
「ちっ……いちいちビビってんじゃねーよ」
「……」
「……いや、違う、そうじゃなくて……」
　岩尾くんは困ったように、ガシガシと髪をかいた。
「もうなりふりかまってられねーって言っただろ。いいから帰るぞ」
　先を行くように、歩き出した岩尾くん。
　クラスメイトたちが、こそこそと話しながら私たちを見ていた。
「玉井さん、獅夜くんに振られたんでしょ？」
「でも岩尾くんがいるならいいじゃん」
「いい男ひとりじめして、ずるいよね～」

「真面目そうな顔して、実は男好きなんじゃない……？」
　岩尾くんが教室にまで来るようになってからというもの、女の子たちから今まで以上に白い目を向けられるようになった。
　居心地の悪さに、私も急いで立ち上がって逃げるように教室を出る。
　岩尾くんが隣に並んで、まるでふたりで帰っているような絵面になった。
　岩尾くんは……どうやったら、私のことを放っておいてくれるんだろう……。
　何回関わらないでと言っても、私の言葉なんて聞こえていないみたい。
　高良くんは……すぐに、わかってくれたのに……。
　ちくりと胸に痛みが走った時、廊下の向こうから歩いてくる人の姿が見えた。
「あっ……」
　高良くん……。
　今日も今日とて、女の子を連れて歩いている高良くん。
　やっぱり、彼女さんじゃない人だ……。
　高良くんのほうも、ちらりと私のほうを見た。
　久しぶりに目が合って、それだけのことなのに心臓が大きく高鳴ってしまう。
　それと同時に、思い知らされた。
　私はまだ全然……高良くんのことを忘れられてないんだって。

　この人が――大好きだって。
　興味なさそうに、視線を逸らした高良くん。
「……っ」
　その反応に、張り裂けそうなくらい胸が痛んだ。
　もう関わらないでって言ったのは私だ。
　だから……私に傷つく資格なんてない。
　気にしないフリをして、廊下を進む。
「獅夜くん、どこ行くの～」
「今日はあたしと遊んでよ！」
　女の子たちの声が聞こえてきて、耳を塞ぎたくなった。
　聞きたくない……。
　私の中の大切な思い出が、薄れていってしまう。
『まーや』
　高良くん……。
『まーやのことは、俺が守るから』
『今の可愛くて優しいまーやのままでいて』
　……っ。
　どうしても惹かれてしまう。
　彼女がいても、いろんな女の子と遊んでいても……優しい高良くんを知っているから、嫌いになんてなれない。
　だけど……ダメ、なんだ。
　言葉も視線も交わさないまま、高良くんの隣を通り過ぎた。
　学校を出てから、岩尾くんが顔を覗き込んできた。
「落ち込んでんのかよ」

「……そんなことないです」
「お前、嘘ばっかだな」
……っ。
確かに、岩尾くんの言う通りだ。
最近……嘘しかついてない。
自分自身にも。
「あいつのこと、まだ好きなのかよ」
不機嫌そうにそう聞かれて、言葉に詰まる。
「……はい」
もう嘘はつきたくなかったのと、岩尾くんに離れてほしいなら、本音を伝えたほうが早いんじゃないかと思った。
「あんな奴やめとけって言ってるだろ。俺にしとけよ」
「……」
「俺のほうが……大事に、してやるし」
いつも自信満々に話している岩尾くんが、たどたどしい口調になっていた。
大事に……。
私は大事にしてほしいわけではないし、大事にしてくれるなら、誰でもいいわけでもない。
「ごめんなさい……」
岩尾くんはずっとモテていたし、高良くんと同じくらい女の子も選びたい放題だと思う。
だから……もうほんとに、私みたいな人間にかまわないでほしい。
岩尾くんのこと、嫌いってわけじゃない。でも……好き

『溺愛したりない。
〜イケメン不良くんの容赦ない愛し方〜』
©＊あいら＊・朝海たいこ／スターツ出版

＊あいら＊新シリーズ
4月スタート予定！
『魔王子さま、ご執心！①
～捨てられ少女は、極上の男に溺愛される～』
©＊あいら＊・朝香のりこ／スターツ出版

には、どうしてもなれない……。

やっぱり、怖い、から……。

「岩尾くんのことは、きっと何があっても恋愛感情として好きになれま、せん……」

岩尾くんの目を覚まさせるには……ちゃんとはっきり言わなきゃ。

怒られるのは怖かったけど、意を決して口にした。

「だから、もう私にかまわないでください……」

怖くて、岩尾くんの顔が見れない。

怒鳴られちゃうかもしれない……。

「なんで言い切れるんだよ」

身構えたけれど、私に届いたのは思っていたよりも冷静な声色だった。

恐る恐る顔を上げると、想像通り不機嫌そうな岩尾くんと目が合う。

だけど、岩尾くんの表情は……不安そうにも見えた。

「それは……」

なんでって言われても……。

「……素直になれなくて、嫌がらせまがいなことしたのはごめん」

……え？

岩尾くんが、“ごめん”という言葉を口にした。

それは私の中ではもっともあり得ないことで、自分の耳を疑う。

今、岩尾くん、謝った……？

いつもバカにしていた、私に……？

あの、プライドの高い岩尾くんが……。

信じられず、目を見開いて岩尾くんを見つめる。

岩尾くんは恥ずかしそうにしながらも、言葉を続けた。

「これから……優しくできるように、するし……」

岩尾くんが、そんなことを言ってくれる日がくるだなんて……。

「ちゃんと正直になるって決めたんだよ……だから、俺にもチャンスをくれ」

まっすぐ私を見つめながらそう言った岩尾くんは、突然ガシリと手を掴んできた。

そして、強く引き寄せてきた。

岩尾くんに抱きしめられて、体が強張る。

い、やだっ……。

「は、離してっ……」

どうしてだろう……高良くんとのハグは、あんなにも安心感があったのに……。

こんな言い方、岩尾くんに失礼だけど、今はただただ嫌悪感しかなかった。

嫌だ、怖いっ……。

「お前がいいって言うまで、離さない」

岩尾くんは離すどころか、腕の力を強めた。

身をよじっても、非力な私は抜け出せそうにない。

強く押しても、岩尾くんの体はびくりともしなかった。

怖くて、涙がじわりと溢れる。

助けてっ……。

高良、くん……。

「まーやに近づくなって、言ったよな？」

——……え？

久しぶりに聞こえた声と同時に、岩尾くんが私から離れた。

地面に倒れている岩尾くんの心配を忘れるくらい、その人の姿に驚いた。

たから、くん……。

「どうして……」

「……まーや、来て」

高良くんは私の手を取って、歩き出した。

私は懐かしい手の温もりに、堪えていた涙が溢れ出した。

どうしていつも、助けに来てくれるんだろう。

高良くんの優しさが……今は痛いよ。

だけど、その手を振り払う気にはどうしてもなれなかった。

episode＊03

理由

【side 高良】

「……まーや。俺のこと、好きになった？」

補習の最終日。俺は真綾にそう問いかけた。

「って、まだわからないか。２週間だし」

「……ごめんなさい」

「ん？」

「私、高良くんのこと……きっと何があっても好きになれません」

まだわからないと言われるのは覚悟していたけど、そんな返事は予想していなかった。

真綾は俺のすることにいちいち顔を赤くしていたし、俺と一緒にいるとき、楽しそうにしてくれたから……嫌われてはいないという自信があった。

「なんで？」

平静を装いながら、内心は焦りまくっていた。

「好きになれないことに、理由なんていらないと思います……」

確かにその通りだ。でも、違和感がある。

真綾はそんな、突き放すような言い方をする奴じゃないから。

何かあったのか……？

「それが、まーやの正直な気持ち？」

「はい」
「……わかった。今は俺のこと好きじゃなくてもいいから、これからも頑張らせて」
　答えは急がない。だから……そばにいてほしい。
　説得力がないかもしれないけど、俺はいくらでも待てる。
「俺はまーやのこと、絶対に諦めないから。まーやしか好きになれない」
「……ごめんなさい」
　ゆっくりと、顔を上げて俺を見た真綾。
「もう……一緒にいたく、ないです」
　あの時の真綾の顔が、脳裏に焼き付いて離れない。
　本当はすがってでもそばにいることを許してもらいたかったけど、動揺しすぎてすぐに教室を出ていった。
　声も手も震えていたし、情けないところは見せたくなかったから。
　それに、あのまま教室にいたら……真綾が嫌がることをしてしまいそうだったから。
　抱きしめて、無理やりキスをして……真綾を泣かせてしまう気がした。そんなことをしたら、もっと嫌われてしまう。
　もう、あの笑顔を俺に向けてくれなくなるかもしれない。真綾から嫌われたら……俺は生きていけない。
　今更真綾なしの人生なんて、考えられなかった。
　諦める気なんてさらさらなかったけど、これ以上嫌われたくないという想いから俺は潔い男を装って、あの場から去った。

その日の夜。

家に帰って、ソファに寝転びながらぼーっと天井を眺めていた。

もう一緒にいたくないって思われるくらい、嫌われてたのか……。

真綾以外の誰に嫌われたって、なんとも思わない。むしろ嫌われてるくらいでちょうどいい。

でも……真綾に嫌われるのだけは耐えられなかった。

真綾があんなきつい言い方をするのも変だ……何かあったのかとも思うけど、純粋に俺といるのがただただ嫌だったのかもしれない。

補習の最終日に言ってきたっていうのも……担任に補習を見るように頼まれて、仕方なく我慢してたのかもしれないし……。

真綾から言われた言葉を思い出すたび、心臓が裂けそうなくらい痛む。

真綾が関わると、俺はこんなにも弱い男になるのかと痛感した。

──ガチャッ。

家の扉が開いて、ため息をつくのも億劫(おっくう)なほどうんざりした。

ひとり暮らしをしている俺の家に来る奴なんか、ひとりしかいないから。

「やっほ～」
「……何しにきた？」
　鍵、とっとと返してもらうべきだった……。
　いつ来られてもダルいけど、一番来られたくない日だったのに。
「あれ？　辛気くさい顔してどうしたの？　あんなに幸せそうだったのに、すっかり元に戻っちゃって……」
　うるさい女……もとい姉貴が俺を見て首をかしげた。
「……いや、まあこの何週間かが逆に変だっただけか。で、どうしたの？」
「……」
「優しいあたしが話聞いてあげるわよ」
　お前が俺にできることは、今すぐここから出ていくことくらいだ。
「もしかして、例のまーやちゃんに振られたの？」
　図星を突かれて、普段は無視し続けるのにあからさまに反応してしまった。
「あちゃ～……残念だったわね」
「まだ完全に振られてねぇ」
　どう考えても振られたけど、諦めるつもりはない。
　もう１回、まずは好かれるところから努力する……。
「ふーん……。多分あんた、押しすぎなのよ」
　押しすぎ？
「どうせ好き好き言いまくってるんでしょ」
「……」

図星を突かれ、悔しいけど何も言い返せない。
「自分の気持ちに向き合う暇くらい与えてあげなきゃ」
こいつは多分、恋愛経験は多いはずだ。
普段は鬱陶しくて適当にあしらっているけど、今は手段を選んでいられない。
「……どういう意味？」
姉貴に助言を求めるなんて、生まれて初めてだった。
真綾と出会ってから、初めてのことばっかり。
「押してダメなら引いてみろ、よ」
「……」
「恋愛の基本中の基本よ！　あんたは初恋だから、知らないでしょうけど」
俺は姉貴が帰ったあと、押してダメなら引いてみろについて調べた。
そのなかでもいろんな作戦があって、ほかの奴はこんなにも回りくどいことをしているのかと若干引いた。
今まで押していた相手が急に冷たくなることで、相手は焦りを感じる。
その上でさらにほかの女の存在を匂わせ、嫉妬心を煽って自分のことが好きだと気づかせる、か。……きっしょ。
でも、今はそんなことも言っていられない。
真綾に好きになってもらうためなら、俺はなんだってする。

次の日、俺は即行動に出た。

学校に行くと、いつも怖いもの見たさで俺に話しかけてくる女子生徒がひとりはいる。

普段ならガンを飛ばして近寄らせないようにするけど、今日は近寄ってきた女を好きなようにさせた。

すると、ほかの女もわらわらと寄ってきて、俺の周りを囲み出した。

「獅夜くん、どうして今日は拒否しないの？」

「あたし、獅夜くんと話してみたかったんだ～」

返事はしなかったけど、拒絶もしない。

……あ、いた。

真綾の姿を見つけて、俺は気づかないフリをした。

視線の端で、真綾がこっちを見ているのを確認する。

これでいい。……はずだ。

ただ、真綾の気を引くためと思っても苦痛だった。

真綾を好きになってから、女嫌いもましになったと思っていたけど……やっぱり無理だ。寒気がする。

改めて、真綾が特別だということに気づかされた。

とりあえず、押してダメなら引いてみろで当分は真綾に近づかないようにするけど……いつまでもつかわからない。

もう、今すぐ抱きしめたくて仕方ないから。

それから、１週間が経った。

俺の禁断症状は日に日にひどくなっていて、何をしていても真綾のことしか考えられない。

真綾は、俺がいなくなって……どう思ってるんだろう。

それが気になって仕方がなかった。

清々(せいせい)してる？　それとも……寂しがってくれてる？

俺と同じ気持ちってことはあり得ないだろうけど、少しくらいは俺のことを考えてくれているだろうか。

いつになったら……また、真綾のそばに行ってもいい……？

ていうか、押してダメなら引けって、これは本当に正しいのか……？

俺が一方的に、真綾への想いを募らせているだけな気がした。

その日も、いつものように廊下を歩いていた。

前方に、真綾の姿を見つける。

その隣には……あいつがいた。

幼なじみの、岩尾とかいう男。

こいつ……。近寄るなって言ったのに、何もわかってないらしい。

苛立って、今すぐに殴りかかってしまいたかったけど、そうもいかない。

俺は今……何か言う資格すらないから。

真綾との距離が、少しずつ縮まっていく。

一瞬目が合ったけど、真綾はすぐに俺から視線を逸らしてしまった。

拒絶された気がして、息が詰まる。

押して引いても、ダメ、か……。

　俺の横を、幼なじみとふたりで通り過ぎていった真綾。
　もしかして、今はそいつと……。そんな考えが脳裏をよぎる。
　真綾も隣にいることを許しているみたいだったし、本当はあいつのことが好きだったのかもしれない。
　そんなふうに、悪い方向にしか考えられなくなってしまった。
「獅夜く〜ん」
　俺の腕に、自分の腕を絡めてきた女。俺は勢いよくその腕を振り払った。
「離せ」
　こんなことをしても、真綾の気が引けないことはわかった。
　だったら、もう意味はない。
「えっ……なんで急に冷たいの……？」
「俺に触るな。消えろ」
　次は……どうすればいい？
　真綾はどうすれば、俺を意識してくれる？
　全部言う通りにするから、誰か教えてくれ。
「おい、とっとと高良さんから離れろよ」
　……誰だ？
　聞こえた声に顔を上げると、ヤンキー女ふたりが俺の周りにいる女を睨みつけていた。
「ひっ……！」
　怯えたように声を漏らして、走っていった女たち。

よく見ると、ヤンキー女の後ろには１週間ぶりに見る姉貴の姿があった。

「元気かい、愚弟（ぐてい）」

多分、こいつらは姉貴の下っ端かなんかだろう。

姉貴はレディースの頭をしてるらしく、いつも下っ端たちを従えて喧嘩をしているらしい。

「最近女遊びばっかしてるみたいだけど、気分はどう？」

まるで嫌味のように言ってきた姉貴に苛立った。

「お前が言ったんだろ。押してダメなら引いてみろって」

「は？　引くの意味が全く違うわよ。ていうか、そんなんじゃ逆効果よ？」

どういう意味だよ……。

「軽い男だって思われるだけでしょ」

「……」

確かに、それはあるかもしれない。

真綾の気をひくことに必死で、盲点だった。

「はぁ……なんで女嫌いのくせに、女遊びなんて始めたのかと思ったら……」

呆（あき）れたように、ため息をついた姉貴。

「こんなこと思いつくなんて、あんた意外とめんどくさい男ね」

思いついたわけじゃない、調べただけだ。

「あたしの弟なのに、どうしてこんなひねくれちゃったのかしら～」

「え……？」

　姉貴の発言に、なぜか下っ端が唖然としている。
「弟……？」
「怜良さんと高良さんって……姉弟なんっすか……？」
　顔を真っ青にしている下っ端。話に入ってくんな、うざい。
「そうよ？　あたしたち顔そっくりでしょ？　ていうか、さっき愚弟って言ったじゃない」
「ぐてい……？」
「あー、いいわいいわ。あたしと高良は正真正銘の姉弟よ～」
「……」
　さらに顔を青くして、黙り込んだ下っ端ふたりに、さすがに違和感を覚えた。
「顔青くしてどうしたのよ」
「うちら、ふたりはカップルだと思ってました……」
「あたしと高良が？　やめてよ～、姉弟じゃなくても、高良みたいなのお断りだわ。ていうか、だからってどうしてそんな青ざめた顔してるのよ？　何かあった？」
　姉貴の発言に、恐る恐る口を開いたふたり。
「すみません……うちら、この前玉井真綾って奴呼び出して……」
　真綾の名前が出たことに、ぴくりと反応した。
「……あ？」
　呼び出し……？
　いつ？　どういうことだ？

「真綾に何しやがった」

問い詰めれば、下っ端ふたりは怯えたように1歩後ずさった。

「ちょっと高良、落ち着いて。……で、何したの？」

「高良さんには、本命の恋人がいるから……近づくなって言いました……」

……そういう、ことかよ。

ずっと違和感が拭えなかった。真綾があんな突き放す言い方をしたことに。

それを聞いたから、俺から離れようとしたのか……？

でも、それにしたって……どうしてこんな奴らの言うことを簡単に信じた？

俺の気持ちは……少しも真綾に伝わってなかったってことか……？

「その子、それ信じたの？」

「本人も最初は何かの間違いだって否定してきたんっすけど……」

真綾が否定してくれたことに、安心した自分がいた。

「写真見せたら納得したみたいで……」

写真……？

「はぁ……一体なんの写真見せたのよ」

「これっす……怜良さんのアイコン画像」

下っ端が、スマホの画面を俺たちのほうに向けた。

そこに写っていたのは、姉貴が俺の頬にキスしてきた時の写真だった。

急にしてきやがったから、このあとすっ飛ばしてやった時の奴だ。

「あー……」

姉貴が、苦笑いをこぼしている。

「これ、日程も書いてるし、本当に信じちゃったのかもしれないわね」

確かに、これを見せられたら俺でも納得してしまう。

ましてや、俺が女嫌いなことは真綾も知っていたから、接触を許している時点で誤解するはずだ。

「お前ら……」

全部、こいつらのせいだったのか。

つーか、姉貴もこんな画像アイコンに設定してんじゃねーよ。

「ちょっと待ちな高良」

怒りを堪えきれない俺を見て、姉貴が呆れたようにため息をついた。

「確かに、こいつらは勝手なことしたと思うわよ。勘違いして、余計なことしたのはこいつらが悪い」

すっと、姉貴の顔から表情が消える。

「でも……あんただって、その子のこと信じられなかったわけでしょ？」

……っ。

その通り過ぎて、何も言い返せなかった。

真綾があんな言い方をするのはおかしいと感じながらも、俺は何があったのか聞いてやれなかった。

　俺があの時、真綾はそんなことは言わないって信じて問い詰めていれば……真綾は話してくれていたかもしれない。
「それはあんた自身の問題なんじゃない」
「……」
「当てつけみたいにほかの女連れ回して……そんな男、あたしなら愛想尽かすけどね」
　サーッと、血の気が引く。
　今度こそ本当に……真綾に嫌われたかもしれない。
　そう思うと、下っ端たちへの怒りよりも恐怖心が勝った。
　……今すぐ、話さないと。
　一刻も早く、誤解を解きたい。
　俺は真綾が消えていった方向へと、走り出した。

両想い

高良くんは私の腕を掴んだまま、マンションの中に入っていった。
ここ、高級マンションじゃ……。
エレベーターに乗って、最上階のボタンを押した高良くん。
「あの、ここは……」
「俺の家」
高良くん、こんな豪華なところに住んでるの……？
というか、家ってことはご両親がいるんじゃ……。
「ひとり暮らしだから安心して」
私の心を読んだかのように、そう言った高良くん。
エレベーターが止まって、まっすぐに一番奥の部屋へと歩いていった。
家に入って、ようやく離れた手。
その温もりがなくなって、私は我に返った。
のこのこついてきてしまったけど……私、もう、高良くんには関わらないって決めたのに……。
『高良くんにはね、あんたなんかじゃ太刀打ちできないくらい美人の恋人がいんのよ』
……やっぱり、ダメだ……こんなの間違ってる。
「あの、私、やっぱり帰りますっ……」
そう言ってドアに手をかけたけど、高良くんの手が私の手を再び握った。
　後ろから、逃げ道を塞ぐみたいに覆いかぶさってきた高良くん。
「待って。まーや」
　耳元で囁かれて、動けなくなってしまう。
「頼むから、俺の話聞いて」
　高良くんの、話……？
　それは……彼女さんの、話、かな……？
「お願い」
「……」
　どうしよう……聞きたく、ない。
　今高良くんの口から恋人がいるって言われて、はっきり振られたら……立ち直れそうにない。
　怖くて、目をぎゅっとつむる。
「まーや、誰かから俺に恋人がいるって聞いた？」
「……っ」
　どうして、それを知ってるの……？
　驚いて振り返ると、高良くんは空いているほうの手でスマホを取り出した。
　そして、画面を私に向けてきた。
「これ見て」
　映っていたのは、裕福そうな４人家族だった。
　後ろに立っている少年は、多分高良くんだと思う。
　３年前くらいかな……？　まだ幼さが残ってる。
　欧米人のお父さんとエキゾチックな顔立ちをしたお母さ

んと……もうひとりの女の人は、お姉さんかな？

あれ、でも……この人、どこかで見たような……。

「俺の家族。真綾が見せられたあの写真の女は、俺の実の姉貴」

え……？

あっ……そうだ、この人、高良くんの彼女さんだ……。

って、姉貴？

高良くんの、お姉さん……?!

驚いて、開いた口が塞がらなくなった。

「全部聞いた。真綾を呼び出した奴らは、俺と姉貴が姉弟だって知らなかったらしい。それで、勘違いして真綾に忠告したって」

「そう、だったんですね……」

お姉さんなら、頬にキスをされても抵抗しなかったのは納得できる。

彼女さんじゃ、なかったんだ……。

「俺には彼女なんかいない。好きなのは真綾だけだから」

まっすぐに私を見つめたまま、そう伝えてくれた高良くん。

その言葉に、「私もです」って答えたい。

だけど……できない……。

彼女さんの話が勘違いだったとしても……私はこの１週間、高良くんの姿を見てしまっていたから。

「高良くん、最近いつ見かけても女の子といましたよね……」

「あれは……」

上手な言い方がわからなかったけど、決して責めたいわけじゃない。
これは、自分に自信のない……私のせい。
可愛い女の子に囲まれている高良くんを見て、敵わないって思った。
高良くんの周りにいた女の子はみんな可愛かったし、恋人になっても高良くんが女の子に囲まれているところを見続けなきゃいけないと思うと……辛くて耐えられない。
高良くんの「好き」も、こんなに嬉しいのに、素直に受け入れられない。
どうしても飽きられることを考えてしまうから。
「ごめんなさい……もう、信じられないんです……苦しいので、もう放っておいてほしくて……」
いつか愛想を尽かされて、ほかの女の子のもとに行ってしまう未来が安易に想像できる。
私には、高良くんを繋ぎ止めておける自信がない。
もっと好きになってから捨てられるくらいなら、付き合いたくないなんて……私はどこまでも臆病だ。
「なんで苦しいの？」
私の発言に、なぜか目を見開いている高良くん。
「え？」
なんでって？
「それ、嫉妬したってこと？」
あっ……そっか。
高良くんはまだ、私が高良くんを好きなことを知らないから……不思議がるに決まってる。
　墓穴（ぼけつ）を掘ってしまったことに気づいて、思わず視線を逸らしてしまった。
「俺がほかの女子といるの見て、辛かった？」
「……」
「まーや、答えて」
　高良くんは急かすみたいに、ぐっと顔を近づけてくる。
「違います、は、離してください」
「顔にそうだって書いてある」
「……っ」
　言い逃れできそうになくて、苦し紛（まぎ）れの抵抗をするように俯いた。
　高良くんの言う通りだ。
　私は……ずっと嫉妬してた。高良くんの周りにいる女の子や、彼女さんに。
　高良くんを信じることができなくて、自分から離れたくせに……。
　自分の情けなさに涙が滲んだ時、高良くんが強く抱きしめてきた。
「……ごめん。ほかの女と一緒にいたのは訳があって、本当に違う」
　わけ……？
「本当に誤解だから。……いや、誤解っていうか……全部謝るから、俺の話聞いて」
　抱きしめたまま、話しはじめた高良くん。

「言い訳になるけど……真綾の気を引きたかった」
「え……？」
「押してダメなら引けって聞いて……」
　それで、女の子と仲良くしてたってこと……？
「本当にガキみたいなことしたと思ってる。ごめん……。ほかの女とは何もしてないし、腕触られたくらいでそれ以上のことは誓ってしてない」
　高良くんの声色は本当に申し訳なさそうで、嘘をついているとは思えない。
「俺が好きなのはまーやだけ。信じてほしい……」
　苦しそうに訴えてくる高良くんの声に、胸が痛んだ。
　高良くんは本当に……まだ、私のことを好きでいてくれてるのかな……。
「ごめんなさい……」
　私の返事に、高良くんがびくりと震えたのがわかった。
「やっぱり……信じられなくて……」
「まーや、俺は——」
「だ、けど……」
　震える声で、なんとか私も自分の気持ちを言葉にする。
「……けど？」
「高良くんの、その言葉が……」
　これを言ったら、どうなってしまうんだろう。
　怖い。だけど……いつも私は怖がって逃げてばかりだ。
　これ以上——高良くんから逃げたくない。
「本当だったら、嬉しいです……」

「……っ」

　私の言葉に、高良くんがごくりと喉を鳴らした。

「まーや……」

　顔を上げて、高良くんを見つめる。

　高良くんの驚いた表情を見ると、堪えていた涙が溢れてきた。

　言っても、いいのかな……。

「私……好き、です」

　本当は、ずっと……。

「高良くんが、好きなんです……っ」

　この気持ちを、伝えたかった……っ。

　誰よりも、高良くんの近くにいたかった。

　これが……私の本音だった。

　高良くんは噛みしめるように、少しの間黙っていた。

　そして、さっきよりも強く抱きしめてくる。

「……っ嬉しい。ありがとう、まーや」

　本当に嬉しそうな高良くんの声に、少しだけ安心する。

　ちゃんと、私の気持ちは届けられたかな……。

「ごめん。本当にごめん……」

　首を横に振って、「謝らないでください」と伝える。

「もう１回信じてもらえるように頑張る。もう試すようなことも絶対にしない。約束する。だから……」

　抱きしめる腕を解いて、高良くんは私の肩を掴んだまままっすぐに見つめてきた。

「俺の、恋人になって」

涙が、ポロポロと溢れ出て止まらない。

高良くんの手を取るのが、まだ怖い。

いつか飽きられちゃうんじゃないかって、やっぱりどこかで考えてしまう。

だけど……それ以上に、離れたくないと思った。

できるなら……ずっと、一緒にいてほしい。

「こんなふうに誰かを好きになったのも、付き合うのもまーやが初めて」

「……」

「今もこれからも、まーやだけだから……」

もう、怖がってばかりなのはやめる。

私だって……ずっと好きでいてもらえるように、頑張りたい。

高良くんといるためなら、なんだって頑張れる気がした。

「……はい」

こくりと頷くと、高良くんは目を見開いた。

「っ、え？」

「高良くんの、恋人になりたいです……」

「……ほんと、に？」

「私も……ずっと好きでいてもらえるように、頑張ります……っ」

ふさわしい女の子になれるように、精一杯努力します。

だから……高良くんの、恋人にしてください……っ。

極上のキス

【side 高良】

「高良くんの、恋人になりたいです……」

　俺にとってそれは、夢のようなセリフだった。

　目に涙をためながら、訴えかけるように言ってくる真綾。

「……ほんと、に？」

「私も……ずっと好きでいてもらえるように、頑張ります……っ」

　頑張る必要なんか、ない……っ。

　俺はどうやったって、真綾しか愛せないから。

　一生なんて軽く誓えるくらい、真綾に溺れてる。

　まさか……真綾も俺を好きになってくれるなんて、思わなかった……。

　嬉しすぎて、言葉が出てこない。

　幸せすぎて胸が詰まるなんて、こんな感情は知らない。

　また、真綾に新しい感情を教えてもらった。

「……好き」

　なんとか振り絞った声は、情けないくらい震えていた。

　感極まって、真綾を強く抱きしめる。

「ありがとう、ございます」

　こんな時までお礼を言ってくる真綾がいじらしくて、腕に力を込めた。

　こっちのセリフだって……。

「まーや、本当に俺の彼女になってくれる？」
「はい……高良くんがよければ……」
まだ信じられなくて確認した俺に、小さな声でそう言った真綾。
「俺今、めちゃくちゃ幸せ」
柄(がら)にもなく、この時ばかりは神の存在を信じた。
「真綾と話せない間は、死ぬほど辛かったけど」
俺の言葉を聞いて、確認するように見つめてくる真綾。
その表情は不安そうで、俺の言葉が信じられない様子だった。
……そうか。
俺がほかの女と一緒にいるところを見せていたから、真綾には俺が辛く見えなかったのかもしれない。
「……私のほうが辛かったです」
そんなふうに言う真綾に、複雑すぎる感情になる。
俺の気持ちが完全に伝わっていないことへの焦りと、信用を失ってしまったことへの後悔と……真綾が素直に辛かったと言ってくれたことへの喜び。
真綾が俺といない時間を寂しがってくれていたことは嬉しすぎるのに、歯がゆくて素直に喜べない。
最悪だ……。今更ながら、なんであんなことをしたんだと悔やむ。
こんなことになるなら、気を引こうなんてしなければよかった。
「絶対に俺のほうが辛かったって」

「……私です」
　あー……もう、可愛いな。
　さらにぎゅっと抱きしめると、真綾が苦しそうに「うっ」と声を出したから慌てて力を緩めた。
「あの、高良くん」
「ん？」
「交際するにあたって……ひとつだけ、お願いがあります……」
　お願い？
「うん、なんでも言って」
　真綾からのお願いなら、なんでも聞いてあげる。
　そんなことを思っている俺を、目を潤ませながら見つめてくる真綾。
「私も……浮気はしないって、約束するので……高良くんも、しないでほしいです」
　泣きそうな顔で言ってくる真綾に、罪悪感にかられる。
　こんなことを言わせている自分が、心底情けなくなった。
「そんなん、当たり前だって」
　誓ってそんなことはしない。
　ていうか、真綾以外無理な俺が浮気とかあり得ないけど……今それを言っても、説得力に欠けることもわかっていた。
「絶対しない。約束する。だから、不安に思わなくていいから。な？」
　安心させたくて、真綾の頭を優しく撫でながらそう言った。
「ありがとうございます……」
　真綾はまだ少しだけ不安そうにしながらも、安心したように笑う。
　その笑顔に、胸が痛んだ。
　なんて顔させてんだよ、俺は……。
「ごめんな。ほんとにごめん。俺これからは、ちゃんと行動で示すし、言葉でも伝えるから。まーやしか見てないってこと」
　戻れるなら、１週間前からやり直したい。
「私のほうこそ……めんどくさいこと言って、ごめんなさい……」
　真綾が、控えめに俺の服をつまんだ。
「高良くんはモテるから、心配で……」
　あー……もう、ただただ可愛い。不安にさせてしまっていることに罪悪感を抱えながらも、真綾が心配している姿が愛しくてたまらない。
「どんな女がいても、まーやしか見えないから」
　俺の気持ちが、そのまま伝わればいいのに……。
　そんな願いを込めて、真綾のおでこにキスをした。
「約束する。顔にまーやの名前彫ってもいいよ」
「そ、そんなことしなくてもいいですっ……！」
　顔を青くして、首を横に振られた。
　俺は至って本気だから、真綾に頼まれたらいつでもそうする。

「高良くんの綺麗な肌に傷がついたら、悲しいです」
　綺麗な肌、か……。
　顔とは言わない真綾に、また愛おしさが溢れた。
　真綾はいつだって、本質を見てくれている気がする。
　そういうところを好きになったし、そんな人間は滅多にいない。
「まーやの肌のほうが綺麗だし」
　そっと手を伸ばして、真綾の頬に手を重ねた。
　綺麗な瞳に、俺だけが映っている。
「まーやは全部綺麗。肌も、顔も、心も……綺麗で、可愛い」
　可愛いと綺麗は、真綾のためにある言葉だ。
「俺、まーやが思ってる数億倍くらい、まーやに夢中だから」
　そう言えば、真綾は恥ずかしそうに顔を赤くした。
　……どこまでも可愛くて、仕草ひとつひとつに煽(あお)られる。
　ごくりと喉を鳴らした俺は、真綾の顔を覗き込んだ。
「もう、あの約束はなしでいい？」
「え……？」
　俺の言葉に、また泣きそうな顔をする真綾。
「う、浮気しないって約束ですか……？」
「違う……！」
　勘違いしている真綾に、慌てて首を横に振った。
　泣きそうな顔も可愛いけど、不安にさせたくない。
「付き合うまで、キスしないって約束。……もう恋人だから、してもいい？」
　俺が聞いたのは、そっちだよまーや。

真綾の顔が、さっき以上に赤く染まった。

俯いた真綾は、そのままゆっくりと頷いた。

もう、俺を制御するものはなくなってしまった。

「好きだ……まーや」

我慢してきたぶん、これからは覚悟して。

全身全霊で、真綾のことを愛し尽くすから。

「ずっと俺のそばにいて」

そう言って、少しの間綺麗な瞳に見惚れる。

ゆっくりと顔を近づけると、真綾がきつく目をつむった。

ふっ……そんな可愛いことされたら、ますます我慢できそうにないけど。

俺は自分の唇を、真綾のものに重ねた。

初めて、両想いになった相手とのキスは……俺に極上の幸せを与えてくれた。

恋人

　私、本当に高良くんの恋人になれたんだ……。
　高良くんと肩を寄せてソファに座りながら、改めてそう思った。
　実感が湧かない……。
　だけど……すごくすごく、幸せ……。
　ちらりと、横目で高良くんを見ると、高良くんは私を見ていたのかばちりと視線がぶつかった。
　ど、どうして見てたんだろうっ……。
「……俺、今すげー幸せ」
　そう言って、にこりと微笑んだ高良くん。
　同じことを考えていたことに嬉しくなって、同時に恥ずかしくなって視線を逸らした。
「また顔赤くなってるけど、照れた？」
「……」
「ははっ、まーやりんごみたい。食べたい」
　た、食べたい……？
　なんだか物騒なことを言っている高良くんに身構えると、「冗談」と言って笑われた。
　なんて穏やかな時間なんだろう……。
　この時間が、ずっと続けばいいのにと思うほど、幸せなひと時。
　だけど……あんまり長居するのは悪いよね……。

話は終わったから、さっさと帰ろう。高良くんにも用事があるかもしれないし。

本当は、もう少しそばにいたかったけど……。

名残惜しさを感じながら、再び高良くんを見る。

「あの……私、そろそろ帰ります」

「え？　もう？」

高良くんは引き止めるように、私の肩をぎゅっと抱いた。

「このあと用事あんの？」

高良くんの声が耳をかすめて、くすぐったい。

「用事はないです。けど……長居するのもと思って……」

「なんで？　俺はずっといてほしいのに」

ドキッと、心臓が大きく跳ね上がった。

いても、いいのかな……？

「まだ帰らないで」

「……っ」

甘えるようにじっと見つめてくる高良くんに、母性本能をくすぐられてしまう。

いつもかっこいいのに、たまに可愛いから……高良くんはずるい。

「それじゃあ、もう少しいさせてください……」

私もまだ一緒にいたかったから……嬉しい。

「うん、ずっといて」

高良くんは口元を緩めて、私をぎゅっと引き寄せてきた。

「門限があるので、５時まで……」

それまでは、できるだけ身を寄せ合っていたい。

　私も、高良くんの肩に頭を預けた。
「門限あんの？」
　え？　変かな……？
　私の家は、門限は６時に決まってる。
　みんながそうだとは思っていないけど、門限がある人も多いと思ってた。
　だけど、高良くんの反応を見るに、そうではないみたい。
「まーやって、箱入り娘っぽいもんな」
「箱入り……かはわからないですけど、両親には大切に育ててもらったと思っています」
　私は両親のことを誰よりも尊敬しているし、大好きだから。
「うん。そういうとこも好き」
　どうしてか、高良くんは嬉しそうに笑った。
　高良くんは私から一度肩を離して、そっと抱えてきた。
　突然のことに戸惑っていると、高良くんの膝の間に座らさせられる。
　しかも、向き合う体勢だから、恥ずかしくて顔がぼぼっと赤くなった。
「俺、今、浮かれすぎててやばい」
　ぎゅうっと、さっき以上に強く抱きしめてくる高良くん。
　恥ずかしい……けど、高良くんに抱きしめられると、やっぱり安心する……。
　腕の中で、確かな温もりを感じる。
「まーや」

名前を呼ばれて顔を上げると、ちゅっと触れるだけのキスが降ってきた。
……っ。
予告なしでされるのは、困る……。
「メガネ、当たるな」
あっ……。
高良くんが、私のメガネを取った。
レンズを隔(へだ)てず高良くんと目が合って、いつもとは違う感覚に緊張してしまう。
「……可愛い」
まじまじと顔を見られるのは、恥ずかしい……。
「メガネないと、今も怖い？」
もしかすると、私がメガネをかけるようになった経緯を高良くんに話したから、心配してくれているのかもしれない。
今はもう、メガネがないと怖いということはないし……ましてや高良くんに、恐怖心があるわけない。
首を横に振ると、高良くんは安心したように笑った。
「じゃあ、俺といる時は外して」
私のメガネを、ゆっくりとテーブルに置いた高良くん。
「まーやの可愛い顔、もっと見たいから」
可愛い顔、ではないと思うけど……。
「んっ……」
またキスをされて、反射的に目を瞑った。
さっきの触れるだけのキスとは違い、だんだんと深まっていくキスに、恥ずかしさと苦しさでいっぱいになる。
「い、息がっ……」
　ち、窒息死しちゃうっ……。
　本気でそう思った時、高良くんはゆっくりと唇を離してくれた。
「休憩タイム」
「きゅ、休憩って……まだするんですか……？」
　今のキス……相当長かった気がするけどっ……。
「当たり前。我慢してたぶん、覚悟してって言っただろ」
　にやりと、いたずらっ子みたいに笑う高良くん。
「でも……これ以上は、ドキドキしすぎて死んじゃいます……」
　さっきから、心臓がずっと痛い。
　高良くんのそばにいるだけで胸がいっぱいで、触れられるだけで恥ずかしくて何も考えられなくなる。
　こんな状況でいたら……本当に緊張で心臓が止まっちゃいそうだ。
「……なんでそんな可愛いこと言うの？」
　……え？
「余計止めてやれなくなる」
「た、たからくっ……」
　私の制止する声を塞ぐように、再び唇が重なった。
　もう、いろんな感情でぐちゃぐちゃだ。
「息止めない」
　無意識に息を止めていた私に、高良くんが囁いた。

そんなの、無理だよっ……。
「恥ずか、しい……っ」
「吐息(といき)も可愛いから、恥ずかしがる必要ないし」
吐息も可愛いって、どういう意味っ……？
もう、わけがわからないよっ……。
私はされるがまま、高良くんのキスを受け入れた。
「まーや、大丈夫？」
高良くんの声に、ハッと我に返る。
意識が朦朧(もうろう)としちゃってたっ……。
「ごめん、またやりすぎた」
申し訳なさそうな声色に、首を横に振った。
別に、されるのが嫌なわけではないし……そんな捨てられた子犬のような顔をされたら、私のほうが申し訳なくなってしまうっ……。
ただ、恥ずかしくて、まだ慣れないだけ。
「今日はもう我慢する」
何かを堪えるような顔をした高良くん。
確かに、今日はもうキャパオーバーだから、キスはやめてほしいけど……。
「……あの、ハグじゃダメですか……？」
くっついていたい気持ちは、私も一緒だから……。
「いい。最高」
高良くんは嬉しそうに、私をぎゅっと抱きしめてきた。
「でも、こうしてたらまたキスしたくなるから、複雑」
「は、早く慣れるように、頑張りますっ……」

もう恋人同士になったんだから……恥ずかしいなんて言って、拒(こば)んでちゃダメだよね……。

高良くんだって……拒まれたらショックかもしれないから……。

「まーやって、ほんとに健気だよな」

なぜか、嬉しそうに優しい笑みを浮かべている高良くん。

「もし本当に嫌な時は、ちゃんと拒んでくれたら我慢するから。強引にしといてなんだけど、まーやが本当に嫌がることはしたくない」

高良くん……。

「好きだから何回でもキスしたいけど、まーやにもしたいって思ってもらわなきゃ意味ないし」

誤解を生んでしまったことに気づいて、慌てて首を横に振った。

「私も……嫌なわけじゃ、ないです」

「ほんとに？」

こくこくと、何度も頷く。

本当は、抱きしめられるのも、キスをされるのも……嬉しい。

「ただ、慣れてないから恥ずかしくて……初めてのことばっかりで、何をしても緊張するので……もう少しだけ、ゆっくりお願いしますっ……」

そう伝えると、高良くんは何やら盛大にため息をついた。

「はぁ……可愛い……」

「えっ……」

「俺に愛されるの、これからゆっくり慣れていこうな？」
　優しく、私の頭を撫でてくれた高良くん。
　寛容(かんよう)すぎる高良くんに、好きの気持ちがまた膨らんだ。
　この人の恋人になれたなんて……やっぱり夢みたい……。
　振られないように、これからたくさん努力しよう。
　ずっと……高良くんの、そばにいられますように……。
「今日マジで帰したくない」
「ま、また、明日も会えますよっ……！」
「一瞬も離れたくない。結婚して」
「ええっ……！」
　まだ付き合いはじめたばかりなのに、プロポーズで聞くセリフが高良くんから飛び出して、大きく目を見開いた。
　そんな先のことを考えたことはなかったけど……高良くんとなら……。
　まだまだ先の未来のことを想像してしまうくらいには、浮かれている私だった。

幸せ

翌日。

昨日は、幸せな気持ちでぐっすり眠れた。

ここ数日は高良くんのことで悩んでいて、寝つきも悪かったから……久しぶりに清々しい朝を迎えられた気がする。

高良くんと、恋人同士になれたんだ……。

朝、いつものように学校へ向かいながら、まだ夢見心地だった。

高良くんに、早く会いたいな……。

そんなことを思った自分に、恥ずかしくなった。

「おい」

ひっ……！

この声は……岩尾くん……？

振り返ると、怖い形相でこっちへ近づいてくる岩尾くんの姿があった。

逃げるわけにも行かず、その場で立ち止まる。

そういえば……昨日、岩尾くんにハグされた時に、高良くんが現れて……助けてくれたんだ。

岩尾くんは不機嫌そうにしながら、私の前で止まった。

「昨日大丈夫だったのかよ」

あれ……？

てっきり怒られると思ったのに、開口一番に心配の言葉をくれた岩尾くん。

　もしかすると、あのあと高良くんと消えたから……ずっと心配してくれていたのかもしれない。

　岩尾くんには……ちゃんと言わなきゃ。

「うん、平気だよ。あのね……私、高良くんと付き合うことになったの……」

　そう言うと、岩尾くんはぴくりと眉を動かした。

「だから……本当に、もう私のことは……」

「……俺はわかったなんて言わねーからな」

　私の言葉を遮るように、岩尾くんはそう言った。

「え？」

「あいつのことは、諦めない」

　岩尾くんのまっすぐな視線に、困惑してしまう。

「……でも、今までみたいなやり方はやめてやる」

　驚いて目を見開いた私を見て、岩尾くんは眉間にシワを寄せた。

「いい男になって、やっぱり俺がいいって言わせてやるからな」

　岩尾くん……。

　初めて、岩尾くんの優しさに触れた気がした。

　……初めてって、失礼かもしれないけど……。

　ふんっと鼻を鳴らして、歩いていった岩尾くん。

　私も、早く学校に行こう。

　清々(すがすが)しい気持ちで、一歩を踏み出した。

「あっ……」
　教室に入ると、真っ先に目に飛び込んだ。
　私の隣の席に、座っている高良くんの姿が。
「た、高良くん、おはようっ……」
　嬉しくて、笑顔で駆け寄る。
　眠っていた高良くんは、勢いよく顔を上げて私を見た。
「おはよ、まーや。待ってた」
　会話をしていなかった期間、高良くんは一度も教室に来なかったから……。
　また戻ってきてくれて、よかった……。
「高良くんが教室に来てくれて、嬉しいです」
　自分の席に座って、高良くんに微笑みかける。
　すると、高良くんは椅子を動かして、私に近づいてきた。
　そのまま、ぐいっと顔を寄せてくる高良くん。
「た、高良くん？」
「ん？」
「何を……」
　クラスのみんな、見てるよっ……。
「何って、可愛いからキスしようと思って」
　けろっと答えた高良くんに、私の顔がぼぼっと赤くなる。
　こ、こんなところでっ……！
「こ、ここ、教室ですよ……！」
　周りに聞こえないように小さな声で言うと、高良くんは「わかってるけど？」とまたもや当然のように答えた。
　高良くんには、私たちを見ているクラスメイトたちが見えていないのかもしれない。

「ダ、ダメです……！　人前では、無理です……！」

　というか、教室でなんて、絶対ダメだよっ……！

　首を横に振った時、誰かが高良くんの頭をごつんと殴った。

　高良くんを叩く怖いもの知らずなんて、この教室にいないはず。

　恐る恐る顔を上げると、そこにいたのは……。

「朝っぱらから何盛ってんのよ、愚弟」

「……」

「ちょっと、無視してんじゃないわよ!!」

　この人は……高良くんの、お姉さん……。

　写真に写っていた美人さんが、そこにいた。

　お姉さんは私を見て、にんまりと笑顔を浮かべた。

「ふふふふふっ……あなたが愛しのまーやちゃんね！」

　い、愛しの……？

「彼女さ……お、お姉さん……」

　ずっと誤解していたから、つい彼女さんと言いかけてしまった。

　高良くんが、あからさまに嫌そうな顔をする。

「まーや、冗談でもこいつが恋人とかあり得ないから。一番嫌いなタイプの人間」

「あたしだってお断りよ。まーやちゃん、高良みたいな不良でいいの？」

「余計なこと言うんじゃねーよ」

高良くんは眉間にシワを寄せながら、いつになく不機嫌。

お姉さんと、仲がよくないのかな……？

でも、高良くんのお姉さん、すごくいい人そう……。

というか、お姉さんはどうして私のことを知っているんだろう……？

「まさか、あんたから聞いてたまーやちゃんがこんな真面目でピュアそうな子だとは思わなかったわ……高良みたいな不真面目男に捕まって……」

泣きまねをしているお姉さん。高良くんから聞いてたって……私のこと、話してくれていたのかな……？

「俺だって真面目になるから問題ねぇ」

「……あんたがそんなこと言うなんて、隕石でも落ちるんじゃない？」

バチバチと、なぜか火花を散らし合っているふたり。

今にも喧嘩が始まってしまいそうでおろおろしていると、お姉さんのほうが戦意喪失したようにため息をついた。

「せっかくフォローしてあげようと思ったのに」

「あ？」

「あんたがほかの女子侍らせてたから」

えっと……。

全く話が読めないけれど、侍らせていたというのは昨日までの高良くんの行動のことかもしれない。

「まあ、回りくどいアドバイスしたあたしも多少は責任感じたからね」

お姉さんはそう言ってから、私のほうを見た。

「バカ弟が心配させるようなことしたみたいだけど、こいつはまーやちゃんにぞっこんだから心配しなくても大丈夫よ。高良がこんなふうに誰かに執着する姿なんて、生まれて初めて見たから」

　お姉さん……。

　私を安心させようとしてくれているのか、お姉さんの言葉に抱えていた不安感が、少し薄れた気がした。

　きっとずっと一緒に育ってきただろうお姉さんの言葉が、私に自信をくれた。

「とっとと帰れ」

　高良くんは相変わらず、鬱陶しそうにしている。

　だけど、本気で突き放しているわけではなく……どこか声色に優しさが混じっている気がした。

　お姉さんのこと、嫌いってわけじゃさそう……ふふっ。

「はいはい。……あ、待って！　一番の目的を忘れるところだった！」

　一番の目的？

「……あんたら、入っておいで」

　お姉さんはそう言って、教室の扉のほうを見た。

　あんたら？

　私も不思議に思って視線を向けると、扉から入ってきたのは……あの日のヤンキーさんたちだった。

「……っ」

　ど、どうして、ヤンキーさんたちがここにっ……。

「一田（いちだ）、二山（にやま）、三川（みかわ）、ここに立ちな」

どうやらヤンキーさんたちは、一田さん、二山さん、三川さんというらしい。なんとも覚えやすい名前だなと思った。

お姉さんは、歩み寄ってきたヤンキーさんたちを、私の前に立たせた。

怖くて、ごくりと息を飲む。

「「「この前は……すいやせんっした……!!!」」」

身構えた私に届いたのは、謝罪の言葉。

「えっ……」

まさかヤンキーさんたちに謝られると思っていなくて、困惑してしまう。

「うちら、ふたりが恋人だって勝手に誤解して……」

そういえば……高良くんがそんなことを言ってた。

それで、わざわざ来てくれたのかな……?

「あの、い、いいんです……！　謝らないでください……！」

頭を上げてほしくてそう言うと、ヤンキーさんたちはゆっくりと体勢を戻した。

不安そうに眉をハの字にしながら、私の顔色をうかがうように視線を送ってくる。

「真綾ちゃんはもうあたしの妹みたいなもんだから、こいつらの処分は決めていいよ」

妹みたいだと言ってもらえて喜んだのもつかの間、物騒な言葉に目を見開いた。

しょ、処分……!?

というか、今更だけど……お姉さんはヤンキーさんたちのボスなのかな……？

お姉さんは高良くんと違って黒に近い茶髪だし、制服も普通に着回していて……不良っぽくは見えない。

だけど、こんなに怖そうなヤンキーさんたちの上に立っているってことは、実はすごく喧嘩が強かったりするのかもしれない。

ヤンキーさんたちの世界は、私が思っている以上に複雑そうだった。

って、そんなことを考えてる場合じゃないっ……。

「ほ、本当に大丈夫です……！　悪いのは自分に自信がもてない私自身だったので……」

ヤンキーさんたちのこと、恨んでなんてない。

あの時、私がもっと自分に自信をもてていたら、きっと高良くんのことを疑ったりしなかった。

信じてしまったのは、私が弱かったから。

「それに、自分の気持ちに気づくきっかけにもなりました……！　感謝しています……！」

呼び出されて、高良くんに彼女がいるって知って……私はようやく、自分の気持ちを自覚したんだ。

あの一件がなかったら、今も気づかないままだったかもしれない……。

そう思うと、悪い出来事ではなかったと思えた。

「……高良がどうしてまーやちゃんを好きになったか、よーくわかったわ」

お姉さんが、そう言って目頭（がしら）を押さえた。

「想像の数倍いい子……」
　え……？
「あ、ありがとうございます……姉貴って呼ばせてください……！」
　ヤンキーさんたちが、また深々と頭を下げた。
「あ、あの、頭を上げてくださいっ……！」
　ヤンキーさんが私のような地味な女に謝っている異様な光景に、廊下を歩く人たちも足を止めてこっちを見ていた。
　ギャラリーが集まってきて、ひとりあたふたする。
　ま、また変な噂が流れてしまうっ……。
「その広い心……女の中の女っす……!!」
「この恩は忘れません……!!」
　ヤンキーさんたちが情に厚いというのは本当なのか、何もしていないのに勝手に恩を売ったことになってしまっていた。
「おい、もう用は済んだだろ。いい加減出ていけよ」
　黙って見ていた高良くんは、めんどくさそうにそう言っている。
「ひどいわね〜！　散々相談乗ってやったのに！」
　散々って……高良くん、お姉さんに相談してたの……？
　想像すると可愛くて、思わず胸がきゅんと高鳴る。
「ま、これ以上いたら騒ぎになりそうだし、出ていってあげるわ」
　そう言って、手を振ったお姉さん。
「まーやちゃん、愚弟共々よろしくね？」

「こ、こちらこそっ……！」
「やーん、可愛い〜!!」
　頭を下げると、なぜかお姉さんに抱きしめられる。
「あたし、妹が欲しかったの〜!!」
　と、とっても嬉しいけど……苦しいっ……。
「触るな、いいからとっとと出ていけ」
　高良くんが、ベリッと私からお姉さんを引きはがす。息苦しさから解放されて、大きく酸素を吸った。
「まーやちゃん、今度ゆっくりふたりで出かけましょう〜！」
　え……！
「ぜ、ぜひ……！」
　こくこくと頷くと、お姉さんは嬉しそうに微笑んでくれる。
　高良くんのお姉さんとお出かけなんて……とっても楽しみ……。
　好きな人のご家族と交流をもたせてもらえるのは、すごく嬉しかった。
「まーや、こいつのことは無視でいいから」
「あんたはほんと可愛いげがないわね。それじゃあまたねまーやちゃん！」
　ひらひらと手を振って、教室を出ていったお姉さん。
　はぁ……緊張した……。
　内心、嫌われたらどうしようって思っていたから……よかったっ……。
　それにしても、高良くんのお姉さんなだけあっていろいろとすごい人だったなっ……。

「高良くんのお姉さん……写真以上に美人さんですね」

一番驚いたのは、やっぱり女優さんのような美貌（びぼう）だった。

抱きしめられた時、すごくいい匂いもしたっ……。

私も、あんなキレイで堂々とした人になりたいな……。

「どこが？　まーや、目おかしいんじゃない？」

私の発言に、顔を青くしている高良くん。

おかしいのは高良くんのほうだと思う……あはは。

ちょうどHR前のチャイムが鳴って、高良くんが大きなため息をついた。

「あーあ……せっかくのまーやとの時間邪魔された」

拗ねているのか、不機嫌な高良くんが可愛い。

「なあ、今は我慢するからさ、１時間目終わったら屋上行こ？」

「どうしてですか？」

「いちゃいちゃしたい」

「……っ」

高良くんは、いつも直球というか……。

「嫌？」

この顔を前にすると、断れない……。

それに、高良くんなりに私のお願いを聞いてくれているし、私だって高良くんと……その、ふたりで過ごしたいと思ってるから……。

頷いて返すと、高良くんはこれでもかと嬉しそうに笑った。

この笑顔には勝てそうにないなと思いながら、心は幸せな気持ちで満たされていた。

episode＊04

クリスマス＝？

「まーや、おはよ」
「おはよう高良くん」
　高良くんと付き合いはじめて、２週間が経った。
　お付き合いは……とても、順調だと思う。
　教科書を机にしまっていると、高良くんからの視線を感じて首をかしげる。
「どうしたんですか？」
「ん？　今日も可愛いなぁって思って」
「……っ」
　高良くんが恥ずかしげもなく甘いセリフを吐くのは相変わらずで……というか、前よりも回数が増えていた。
「そうやって、何回言ってもウブな反応するとこも可愛い」
　赤くなっている私を見て、高良くんは満足げに口角を上げている。
「た、高良くんだって……」
「俺？」
「い、いつもかっこいいです……」
　思っていることを言えば、なぜか黙ってしまった高良くん。
　あれ……？
　心配になって見つめると、今度は突然立ち上がった。
「はい、立って」

「え？」

　私を立たせたいのか、両手を掴んできた高良くんに戸惑う。

　た、高良くん？

「空き教室に連行する」

「ど、どうしてですかっ……」

「まだHR始まるまで15分あるから、それまでいちゃつく」

「えっ……」

「そんな可愛いこと言われたら、俺我慢できないし。立たないとお姫様抱っこで連れていくけど？」

　みんなの前でお姫様抱っこは絶対に嫌だったから、私も急いで立ち上がった。

　本当に空き教室に連行されて、中に入った途端私を優しく壁に押し付けた高良くん。

「はい、口開けて」

　あーと大きく口を開けた高良くんの真似をすると、高良くんはそのまま私の唇を食べるみたいにキスをしてきた。

「んっ……」

　貪るようなキスに、変な声が止まらない。

「声、可愛い」

　恥ずかしくて、必死に声を堪えた。

「我慢すんなって」

「た、高良くん、苦し……」

「息止めたらダメっていつも言ってるのに」

　そんなこと、言われてもっ……。

「だって、恥ずか、しい……」
「まーやは吐息も可愛いから大丈夫」
　い、いつもそれを言うけど、意味がわからないよっ……。
　高良くんはそれから数分間キスをやめてくれなくて、ようやくやめてくれた時には私の息が上がっていた。
　恋人になってからというもの、毎日欠かさずキスをしている。
　それも１回や２回ではなく、高良くんは隙あらばキスを求めてきた。
　私も、もちろん嫌ではないけど……よ、世の中のカップルは、みんなこういう感じなのかな……？
　高良くんとしか付き合ったことがないから、わからないっ……。
「最近、ますます自制が効かなくなってる気がする」
　教室に戻ろうとした時、高良くんが私の肩に頭を乗せた。
　ん……？　どういう意味だろう……？
「俺が教室で急にキスしても、怒らないで」
　えっ……！
「きょ、教室はダメですっ……」
「だって、まーやが可愛すぎて抑え効かない時あるし。これはまーやが悪い」
　深刻そうな表情でとんでもないことを言う高良くんに、私の顔は簡単に熱を帯びる。
　教室というか、人前ではリテラシー的に絶対ダメだけど……。

「ふたりきりの時に、たくさんいちゃいちゃしよう……？」
　恥ずかしいけど、高良くんに我慢ばかりさせるのは嫌で、精一杯の勇気を振り絞って言った。
　すると、高良くんはなぜか不機嫌そうに顔をしかめる。
「お前、それはずるいだろ」
「え？」
「HRサボる。無理」
　ま、待てっ……！
　再びキスをしようとしている高良くんを、必死になだめる。
「サ、サボりはダメです。高良くんっ……！」
　なんとか高良くんを説得して、その時はお昼休みに私からキスをするという条件で許してもらった。

　……と、そんな感じで……私たちの交際は、至って順調だと、思う。
　そして、高良くんのお姉さん、怜良さんも私と仲良くしてくれていた。
「どう？」
「美味しいですっ……!!」
　休日の土曜日。怜良さんがおすすめのカフェにつれてきてくれた。
　怜良さんおすすめのケーキセットは、ほっぺたが落ちそうなほど美味しかった。
　女の子が好きそうなファンシーなカフェで、見た目も味も絶品。
「ふふっ、よかった！」
　怜良さんは、とっても美人でとっても優しい。私のことを、実の妹のように可愛がってくれる。
　こうしてふたりきりでお出かけするのも、もう３回目だ。
「いつも美味しいお店に連れていってくれて、ありがとうございますっ……」
「いいのよ～！　あたしも甘いもの好きだし、付き合ってくれて嬉しいわ～」
　そんなふうに言ってくれるなんて、本当にいい人だ……。
「高良とは順調？　あいつに不満があったら、いつでも聞くから言ってね？」
　いつも相談にも乗ってくれて、恋人同士についてわからないことがあったら怜良さんに聞いている。
　怜良さんは恋愛経験豊富だから、なんでも答えてくれてすごく頼もしい。
　さ、さすがに、キスの頻度なんて聞けないけどっ……。
「ふ、不満なんて……！　高良くんはいつも優しくて、非の打ちどころがないくらいです……」
　本当に、これでもかってくらい優しい。それに、付き合う前に不安だったほかの女の子のことも……高良くんは前みたいに女の子とは話さなくなって、毎日のように私だけだと伝えてくれていた。
　高良くんが愛されていることを実感できて、おかげで信頼関係も築けている。

「高良が聞いたら鼻血出して喜ぶわよ、それ」

そ、そうかな……。

照れくさくて、誤魔化すように笑った。

あっ、そうだっ……！

「あの、ひとつだけ……聞いてもいいですか？」

今日は怜良さんに、聞きたいことがあったんだ。

「どうしたの？」

「高良くんの欲しいものとかって、わかりますか……？」

「あいつの欲しいもの？」

３週間後にはクリスマスが迫っている。

イブとクリスマスは高良くんと過ごす約束をしていて、そろそろプレゼントを決めたかった。

高良くんはいつもいろんなところに連れていってくれたり、記念日でもないのにプレゼントをくれたりするから……私もクリスマスくらいは、何かお返ししたい。

だけど、考えても考えても高良くんが欲しいものがわからなかった。

高良くんは基本的に何に対しても無関心だし、趣味を聞いた時も寝ることと答えられてしまった。

文房具や服にも、こだわりはないみたいだったから……時間だけが経ってしまっていた。

怜良さんなら、お姉さんだし高良くんの欲しいものを知っているかもしれない。だから、今日聞こうと思っていたんだ。

怜良さんは私の質問に、納得したように頷いた。

「あー！　誕生日ね〜！」
「誕生日……？」
　えっと……？
　首をかしげた私を、不思議そうに見返した怜良さん。
「あれ？　違った？　あいつクリスマスが誕生日だから、そのプレゼントに悩んでるんだと思った」
　クリスマスが、誕生日……。
　……え？
「えええ……！！」
　衝撃の事実に、開いた口が塞がらない。
　高良くん……ク、クリスマスが誕生日なの……!?
「知らなかったです……！　クリスマスのプレゼントを渡したくて、それで……」
「あー、そうだったのね！　誕生日なんて、クリスマスのついででいいわよ！　それに、あいつにはプレゼントなんて渡さなくたって、まーやちゃんがいてくれたらそれだけで十分だと思うけど」
　そう言ってもらえるのは、嬉しいけど……。
「私、いつもしてもらってばかりなので……お祝いしたいです」
　せっかくの誕生日なら……彼女として、盛大にお祝いしたかった。
「はぁ……あいつが羨(うらや)ましいわ……」
　何か言いながら、ため息をついた怜良さん。
「それにしても、あいつの欲しいものね〜……昔から何も欲しがらなかったから、あたしもわからないのよね……」
　怜良さんもわからないってことは、子供の頃から何に対しても無関心だったのかな……？
　ちょっとだけ、高良くんが心配になる。
「でも、まーやちゃんからもらうものなら、なんだって喜ぶわよあいつは。それだけは確かだから」
　そう、かな……。
「あ、ありがとうございますっ……」
　怜良さんに言われると、少しだけ安心した。
　もう少しだけ、じっくりプレゼントを考えよう。
　クリスマスと、誕生日のプレゼント。
「クリスマスって、もう予定立ててるの？」
「はいっ……デートをする予定です」
「ふふっ、そっかそっか～」
　にまにましている怜良さんに、恥ずかしくて視線を下げた。
「高良くんがコースを考えてくれるって言ってくれたんですけど……誕生日なら、私が決めるべきでした……」
　今思えば、どうして誕生日を聞いておかなかったんだろう……。
「そんなのまかせとけばいいのよ～」
「私、高良くんのこと、全然知らないです……」
　彼女失格だ……。
「付き合って日が浅いなら当たり前よ！　あいつ自分の話あんまりしないだろうし、これから徐々に知っていけばいいのっ！　それに、あたしが知ってることならいつでも教えるからねっ！」

怜良さん……。

「あの子何考えてるかわからないから、あたしもあんまりわかってないけど」

あははと笑う怜良さんに、私も笑顔が溢れた。

「私、怜良さんのことも、大好きです」

「……まぁ!?」

怜良さんは大きく目を見開いてから、立ち上がって私の隣に座った。

そのまま、ぎゅうっと強く抱きしめてくる。

「あー！　可愛い!!　あいつの恋人なんてもったいない!!」

「えっ……！」

「はぁ……愛おしいってこういうことね～……」

え、えっと……褒められているのかな……？

私をぐりぐりと撫で回す怜良さん。私はされるがままになりながら、高良くんへのプレゼントを考えた。

せっかくなら、喜んでもらえるものをあげたいな……。

変化

【side 高良】
「高良くん、見てください……!!」
　期末テストが終わって、結果が張り出された。
　１位のところを指差して、まーやが大はしゃぎしている。
「高良くん１位ですよ……！　おめでとうございます……！」
　満面の笑みで祝ってくれる真綾に、「ありがとう」と返事をした。
　正直、真綾は悲しむんじゃないかと思ってた。
　もともと１位は真綾だったみたいだし、俺がそれを奪ったら、今まで真面目に頑張ってきた真綾は落ち込むんじゃないかって。
「さすが高良くんですっ……!!」
　それなのに……こんなに全力で喜んでくれるとは思わなかった。
　本当に……どこまでもお人好し。
　はしゃいでいる真綾が愛しくて、小さな手を握る。
　真綾はいつだって、俺以上に俺のことを喜んでくれる。
　だから俺も、真綾が喜ぶならって、面倒なことでも向き合う気力をもらえた。
　真綾と付き合いはじめてから、毎日ちゃんと学校に通ってるし、授業にも出席してる。
　高校に入ってから、テストも初めて受けた。

　最近は素行も改めてるし、真綾の恋人として真面目に過ごしてるつもり。
「私は高良くんなら絶対に高得点をとれるって信じてました……！」
　こんなに喜んでもらえるなら、鬱陶しいテストも悪くない。
　真綾が褒めてくれるなら、勉強さえ頑張ってもいいかななんて思う自分がいることに驚いた。
　俺の世界が、真綾によって変わっていく。
　その変化が、たまらなく心地よかった。
「まーや、ご褒美は？」
　そう聞けば、真綾はきょとんと首をかしげた。
「えっ……ご、ご褒美？　そんな約束は……」
　じーっと、ねだるように見つめる。
　付き合いはじめてから１ヶ月。真綾がねだられるのに弱いって、俺はもう気づいてる。
　うっと、言葉を詰まらせた真綾。
「わ、わかりました……！　何が欲しいですか？」
　あまりにちょろすぎて、もはや心配になった。
　相手が俺だからいいけど……。
「まーやからのキス」
「……!?」
　耳元で囁くと、真綾はぼぼっと顔を赤く染めた。
　真綾はいつまでたってもウブで、何度抱きしめても、何度キスをしても、その都度初めてみたいな反応をする。

それが俺の加虐心を煽るってこと、本人は気づいてない。

今ならしてくれるかもと思ったけど……さすがに無理か。

冗談と言って誤魔化そうとした時、真綾が俺の手を握ったまま歩き出した。

「こ、こっちに……」

え……？

ほかの生徒たちから離れて、近くの空き教室に入った真綾。

「まーや……？」

俺をじっと見つめる真綾に呼びかけた時、真綾が俺の肩に手を添えた。

ぐいっと引っ張られて、反射的に屈む。

──ちゅっ。

背伸びをしながら、可愛らしいキスをしてきた真綾。

心の準備が整っていなかった俺は、味わう余裕もなかった。

真綾からのキスなんて、貴重すぎるから……もっとちゃんと味わいたかったのに。

「お、おめでとう、ございますっ……」

「待って。もう１回……！」

今のは不意打ちすぎる。

「ええっ……！」

「お願い……！　次も絶対１位とるから」

またねだるように見つめると、真綾は顔を赤くしながら、もう一度目をつむった。
　柔らかい感触が、唇に伝わる。
　……テスト、最高。
　俺は定期テストに、心の中で感謝するように手を合わせた。
　真綾の唇が離れていきそうになって、ぐっと引き寄せた。
　そのまま、今度は俺から口付ける。
「……もっと」
「た、高良くっ……んっ……」
　真綾の甘い声に、めまいがするほど煽られた。
　俺のキスに応えるように、必死な姿が可愛すぎて、ますますキスを深めてしまう。
　はぁ……どこまでも可愛い。
　また今日も、まーやに溺れていった。

「まーやちゃんって、ほんといい子よね……」
　忘れ物を取りにきたとか言いながら、俺の家に来て居座っている姉貴が呟いた。
　とっとと出ていけよ……まーやがいい子とか今更だろ。
「それに、あの子なんであんなにピュアなのかしら？　天然記念物か何か？」
　姉貴は真綾を大層気に入っていて、妹のように可愛がっている。
　姉貴のことをよく知ってるわけじゃないけど、俺の家族は基本的に人を簡単に信用しない。そんな姉貴がここまで可愛がるなんて、真綾の可愛さと愛嬌(あいきょう)は天性のものだと気づいた。

　あんなに健気で優しかったら、可愛がりたくもなる。

　真綾も姉が欲しかったらしく、姉貴のことを慕っていた。

　真綾が楽しいなら別にいいけど、ひとつだけ不満がある。

「お前、俺とまーやの時間邪魔すんなよ」

　週に１回くらいの頻度で遊んでいるらしく、この前も「怜良さんと約束があるから……」とデートを断られた。

　貴重なまーやとの時間を奪われるのは、誰であっても許せない。

「姉として、親睦を深めてるのよ〜！　将来的に本当に妹になるわけだしっ」

　正式に妹になることを疑っていない姉貴の姿に、血の繋がりを感じた。

　姉弟揃って気が早すぎる。……まあ、結婚するのは決定事項だけど。

　今更真綾を離す気はさらさらないし、別れようと言われても無理。

「この前なんてケーキスタンドがあるお店に行ったら子供みたいにはしゃいでて……なんていうか、愛おしかったわ。一生この笑顔を守りたいって思ったもの」

　うっとりしている姉貴に、「うぜぇ」と悪態をついた。

　あの笑顔を守るのは、俺の役目。

「あの子のこと泣かせたら、あたしが承知しないからね」

　それも姉貴に言われるのはしゃくで、舌打ちで返した。

真綾のことはこれでもかってくらい大切にしているし、もう泣かせたりしない。

付き合う前、女関係で信頼をなくしたから……修復するのに必死だったし、最近は真綾も俺のことを信頼してくれている気がする。

浮気なんて、心配もしなくなるくらい愛されてる自覚をさせてやりたい。

そう思った時、姉貴が勝手につけているテレビから、クリスマス特集というアナウンスが聞こえた。

クリスマスはイブと当日、どっちも真綾と過ごす。

泊まりの約束もしているから、その2日間は真綾のことを独り占めする予定だった。

真綾はいつもイベントを楽しみにしているから、俺も1ヶ月前から予定を立てていた。

「あんたクリスマス何あげるの？」

「お前に関係ないだろ」

即答すると、姉貴がため息をついた。

「なんでよ。せっかくだから、アドバイスしてあげるわよ？」

「いらねぇ」

もう用意してるし、こいつからのアドバイスとか求めてない。

「変なもん贈ってまーやちゃんに引かれても知らないからね」

「……」

確かに一理あると思い、考えた末に口を開いた。

「ペアリング」
「……おっも」
「は？」
　重い？
　姉貴の発言に、眉間にシワが寄る。
「いやいや……付き合ってまだ１ヶ月足らずでペアリングは重いでしょ？　あたしなら引くわ」
　本当に引いている顔に、若干(じゃっかん)焦りを感じた。
　世間一般の感覚とか、わかるわけない。俺は真綾が初恋だし。
　真綾が一度通りがかったショップのリングを見ていたのと、男よけの意味も込めてペアリングを買ったけど……これは重いのか？
　真綾に引かれるのは嫌だ。ただ、俺の愛が重いことは、真綾だってわかってるはずだから今更引くも何もないと思った。
　それに……。
「まーやはお前とはちげえんだよ」
「まあそうね……まーやちゃんならなんでも喜ぶかもしれないわね……」
　姉貴も、そこは否定しなかった。
「いっつもあんたのこと話しながら一喜一憂してるし、あんな子に愛されて羨ましいわ……」
　初めて聞く話に、ぴくりと反応する。
「……なんだよそれ、教えろ」

真綾が俺の話……？

気になりすぎて、姉貴に詰め寄った。

「ふふっ、そんな野暮なことしないわよ～」

「いいから教えろって」

「ふふふふ～」

うぜぇ……。

聞くのも鬱陶しくなり、ソファにもたれる。

真綾、俺の話とかするのか……。

愛おしさがこみ上げてきて、今すぐ抱きしめたくなった。

12月24日

今日は、待ちに待ったクリスマス・イブ。
高良くんとは12時に待ち合わせの約束をしている。
待ち合わせ１時間前の現在、私は……。
「よーし、完成！」
怜良さんのお家に、お邪魔していた。
怜良さんのお家……つまり、高良くんの実家だ。
ふたりのご両親は、海外を駆け回っているらしく、めったにお家に帰ってこないそう。
そして、高良くんはひとり暮らしをしているため、怜良さんはこのお家にほとんどひとり暮らし状態なんだとか。
最初に見た時、お城のようなおうちに腰を抜かしてしまった。
高良くんはいつもご馳走してくれるし、高価なものをプレゼントしてくれるからお金持ちなんだろうなとは思っていたけど……ここまでとは思わなかった。
そして、どうして私がお邪魔させてもらっているかというと……デートのために、怜良さんにメイクをしてもらうため。
怜良さんも彼氏さんとのデートがあるらしいから、大丈夫とお断りしたけど、怜良さんが「一度まーやちゃんにメイクしたかったの！」と言ってくれて、お願いすることにした。

一大イベントだから……私も、できるだけ整えた姿で高良くんの隣を並びたかった。

地味な私と高良くんが不釣り合いなことは自覚していたし、高良くんに恥ずかしい思いをさせたくなかったから。

自分なりにメイク道具を買ったりしてみたけど、使い方がよくわからなかったから……怜良さんには感謝してもしきれない。

そして、今この場にいるのは怜良さんだけじゃなく……怜良さんのお仲間である一田さん、二山さん、三川さんも集まってくれた。

実は３人は私と同級生らしく、あれ以来たまに話す仲になった。

最初に会った時はとても怖い人たちだと思ったけど……みなさんすごく優しくて、情に厚い人だと知った。

なぜか私のことを真綾さんと呼んで慕ってくれていて、会うたびに頭を深く下げてくるのだけはやめていただきたいけどっ……。

朝の９時から集まって、怜良さんとみなさんがメイクからお洋服から何まで、全身をコーディネートしてくれた。

みなさんアクセサリーやメイク道具を持ち寄ってくれて、こんなによくしてもらっていいのかなと困惑するほど。

「まーやちゃん……マジで原石だとは思ってたけど、見違えたわ」

お化粧が終わった私の顔を見て、怜良さんがこれでもかと驚いている。

一田さん、二山さん、三川さんも、目を輝かせていた。
「真綾さん……やばいっす……」
「リアル天使っすよ……！」
リ、リアル天使……。
「ここまで可愛い人間、初めて見ました……」
いつも私のことをおだててくれるから、さすがにお世辞が入っていることはわかってる。
私はまだ鏡を見ていないから、早く見てみたくなった。
「これは……千年にひとりの逸材（いつざい）よ」
「ふふっ」
怜良さんの言葉に笑った私を見て、頬を膨らませた一田さんたち。
「冗談じゃないっすよ！　ほら！　鏡見てください!!」
恐る恐る、豪華な全身鏡の前に立った。
わっ……！
鏡に映った自分を見て、一瞬誰だかわからなかった。
いつもは真っ黒で長い髪をおさげにしているけど、巻いてポニーテールにしてもらった。
お洋服も……地味な色の服しか着ないから、ピンク色のフリルがついたワンピースなんて初めてっ……。
「す、すごいですっ……」
顔は私だから、変えようがないけど……髪型とお洋服で、ここまでイメージが変わるんだっ……。
「あたしたちは大したことしてないわ！」
「元がよかったんっすよ！」

「メイクなんて最小限だし！」
「メガネ外して、ヘアアレンジして……可愛い服着せただけっす！」
　謙遜してそう言ってくれるみなさんに、笑顔を返す。
　今日、頼んで本当によかったっ……。
「ねえ、どうしてメガネしてるの？　これ伊達でしょ？」
　メガネのことについて聞かれて、苦笑いが溢れる。
「あたしも思ったっす！　なんで美貌を隠してたんですか？」
「もったいないっすよ！」
　び、美貌の意味はよくわからないけど……隠すほどの事情じゃない。
「昔、人と接するのが怖くなった時があって、メガネをかけるようになったんです」
　岩尾くんの嫌がらせがヒートアップして、岩尾くんのことが好きな女の子たちからも無視されるようになった時、一時的に不登校になった。
　メガネをかけることで、なんとかもう一度学校に行く勇気がわいたんだ。
　だから、このメガネは私にとってお守りのような存在。
「そうだったの……」
「でも、今は前ほど怖くないです。なので……早くこのメガネを、卒業できるように頑張ります」
　いつまでも、臆病なままの自分でいたくない。
　高良くんの恋人に……ふさわしい私になりたいから。

「頑張ってください!!　真綾さんならできます!!」
「真綾さんのこと舐めてる奴らに、知らしめてやってください！」
「みんなビビりますよ！」
「ただ、高良が文句言いそうだけどね……」
　高良くんが……？
　文句って、どういう文句だろう……？
「あいつは独占欲の化身みたいな男だからね」
　ははっと笑った怜良さん。
　そうなのかな……？
　束縛(そくばく)されていると感じたことはないから、あんまりピンとこなかったけど、私よりも姉の怜良さんのほうが高良くんのことは知っているはず。
「あ～、今のまーやちゃんを見た高良のリアクションが楽しみ」
「高良さんもビビるっすよ！」
「マジ、美男美女カップルっすね！」
「今日は楽しんできてください！」
　みなさんの優しい言葉に、笑顔を返す。
「本当に、今日はいろいろしてくれてありがとうございます……！　いつかお返しさせてください……！」
「いやいや、これはこの前の恩返しっすから！」
「そうそう……！　こんなんじゃ恩返しにもなりませんけど……！」
「まだまだ、これからも真綾さんのサポートさせてください……！」

一田さん、二山さん、三川さん……。

「つーか、あんたらこのあと補習でしょ、早く行きなさいよ」

感動していたけど、怜良さんの言葉にハッと現実に返戻る。

補習？……って、２学期の……？

「ぎくっ……！」

みんな顔を真っ青にしていて、一田さんに関しては心の声が漏れていた。

「まさか、サボるつもり？」

目を細め、３人を睨んでいる怜良さん。

実は、怜良さんはレディースを組んでいるらしく、そのトップだそう。

一田さんたちは、そのグループのメンバーで、怜良さんを慕っている。

怜良さんは私の前ではいつも優しいから、レディースのトップを張るくらい怖い人だとは思ったことがなかったけど……今わかった。

怜良さんの全身から醸し出されているオーラに、私も思わず「ひっ」と声が漏れる。

そのくらい、恐ろしかった。

これは……トップなのも頷けるっ……。

３人も、怜良さんを見て怯えていた。

「ほ、補習なんか、行かなくても平気っすよ」

「そ、そうそう！　３学期で巻き返します！」

「安心してください……！」

　３人はあははと苦笑いを浮かべているけど、怜良さんの表情は硬いまま。

「今まで目ぇつむってたけど、あんたら進級できなかったらわかってるでしょうね……？」

「ひっ……！」

「ヤンキーたるもの、喧嘩と勉強の両立は必須!!」

　そ、そうなんだっ……。

「進級できなかったら、抜けさせるからね」

　抜けさせるって……グループをかな？

　怜良さんの言葉に、３人は顔を真っ青にした。

　まるで、この世の終わりのような表情をしている。

「そ、そんなっ……」

「怜良さんに捨てられたら……あたしら生きていけないっす……！」

「進級できるかわからないのに、そんなこと言わないでください……！」

　進級、ギリギリなのかなっ……。

「あの……私でよかったら、いつでも勉強教えます」

　同級生だから、テスト範囲ならわかる。

　補習も……プリントを見せてもらったら、追試の内容は大方予測できるだろうし……できることがあるなら、力になりたいと思った。

「え……」

　３人が、目を輝かせて私を見ている。

「私、勉強しか取り柄がないので……今日のお返しもかねて、何かお手伝いできることがあれば言ってください」
　そう伝えると、３人は一斉に私を抱きしめた。
「真綾さんんん！！！」
「あんたは女神っす……！！」
「ありがとうございます……！！」
　あはは……そんな感謝されることではないと思うけど、それくらい切羽詰まっている状態なのかもしれない。
「補習に向けて、勉強会しましょう……！」
「「「はい！！」」」
　３人は全く授業には出席していないって言っていたけど進級してもし同じクラスになれたら、嬉しいな……。
「まーやちゃん、面倒見てもらってごめんね……」
　勉強を見ることくらいなんの苦労もないから、笑顔で首を横に振る。
「まーやちゃんもそろそろ時間だよね？」
「はい」
　待ち合わせ時間は30分後。
　余裕をもって、もうすぐ向かったほうがよさそう。
「そういえば、プレゼントは何にしたの？」
　怜良さんにプレゼントのことを聞かれて、視線を伏せた。
「あの、マフラーと、手袋を……」
　考えてもわからなくて、結局クリスマスはマフラー、誕生日プレゼントは手袋にしたんだ。
　日が迫っていたから、期末テストが終わってから毎日必死で編んだ。

「え!?　もしかして手編み!?」

　手作りなんて、ダサいかもしれないけど……気持ちが大事だと思ったから、ひと編みひと編み高良くんを思いながら作った。

「は、はい……」

「高良、喜ぶわ……」

　そうだといいな……。

「今日、日付が変わったら渡します」

「え？」

　私の言葉に、怜良さんがなぜか目を見開いた。

「日付が変わったらって……もしかして、今日泊まり？」

「はいっ」

　実は、今日のデートはお泊まり。

　高良くんがホテルを予約してくれて、両親にもちゃんと許可をとった。

　初めてのお泊まりで、とても楽しみだった。

　高良くんと、一日中ずっと一緒にいられるから……。

　それに、明日もデートをする予定だ。

「今日はクリスマスで、明日は高良くんのお誕生日をお祝いするデートです」

　ひとり浮かれている私をよそに、苦笑いを浮かべている怜良さんたち。

「高良さんと真綾さんって……どこまで進んでるんっすか？」

「え？」

　質問の意味がわからず、首をかしげる。

「いや、普通のカップルなら最後までいってるだろうなって思うんっすけど……、真綾さんってピュアピュアだから……」

「あたしも、てっきりまだなのかなって思ってました……」

「でも、泊まりってことはもう……？」

　みんな口々に、何か言っている。

「まだって、なんのことですか……？」

「まーやちゃん、高良とキス以上のことした？」

「えっ……！」

　怜良さんの突然の質問に、顔がぼぼっと熱をもった。

　キ、キスって……そんな直球なことを聞かれるとは思わなかったっ……。

　……というか、キス以上？

「キス以上って……なんですか？」

　その……キスはしているけど、キスの上って、何かあるのかな……？

　私の言葉に、驚愕しているみなさん。

「……ここまでとは思わなかったわ……」

　怜良さんは唖然としていて、ますます意味がわからなくなる。

「高良のことだから、もうとっくにとって食ってるもんだと思ってた……」

　とって食ってる……？

「マジで何も知らないんっすか、真綾さん……」
「高良さん、大事にしてんっすね……」
「でも、泊まりってことは期待してそうじゃないっすか？」
「あ、あの、さっきからなんの話を……」
　全く、話の内容が読めない……。
「ま、まーやちゃんは知らなくていいのよ……！」
　誤魔化すように、乾いた笑みを浮かべた怜良さん。
「れ、怜良さん、言わなくていいんっすか？」
「高良も、無理に手を出すつもりはないでしょ……今はそっとしておきましょ」
　こそこそと私には聞こえない声で話していて、私の首はますます傾いていった。
「って、それよりもあんたたち、早く行きなさい!!　ほんとに脱退させるわよ!!」
　もう補習の時間なのか、怜良さんが３人を睨んだ。
「「「行ってきます……!!」」」
　テキパキと帰る支度をして、走っていった一田さんたち。
「真綾さん、楽しんできてくださいね！」
　帰り際にそう言ってくれて、笑顔を返した。
　よし、私もそろそろ支度をしよう……。
　そう思ってカバンを手に取った時、あることを思い出した。
　あっ、そうだ……！
　すっかり忘れていたものを、カバンから取り出す。
「怜良さん、あの、これ……」

「え？」
「怜良さんに、クリスマスプレゼントです」
　ラッピングされたそれを、怜良さんに手渡す。
「あたしに……？」
「本当に大したものじゃないんですけど……バスソルトです。いつもお世話になってるから、何かプレゼントしたくて……」
　怜良さんは私を見つめたまま、固まってしまった。
　あ、あれ……？
　心配になって顔を覗き込んだ途端、ぎゅうっと強く抱きしめられる。
「れ、怜良さん？」
「高良のところには行かせない」
「えっ……」
「あたしのものにする！！！」
　ええっ……!?
　怜良さんはそのあと、数分間離してくれなかった。

　な、なんとか間に合いそうっ……！
　怜良さんと別れて走って待ち合わせ場所に来た。
　怜良さんのハグ、力強かったなっ……。
　でも、あんなふうに可愛がってもらえて、とっても嬉しい……。
　私にとっては本当のお姉さんみたいな存在……。
　そんなことを思いながら、待ち合わせ場所に急ぐ。

高良くん、もう来てるかな……。

なんだか、待ち合わせ場所に近づくにつれて緊張してくる。

少しでも、可愛いって思ってもらえたらいいな……。

高良くんとのデート、すごく楽しみ。

「あそこにいる子マジで可愛くね？」

「やっば……超美少女じゃん」

「声かけようぜ……！」

前から歩いてくる３人の男の人が、私を見ているような気がした。

気のせいだよね……？

そう思ったけど、通り過ぎようとした時に腕を掴まれた。

えっ……。

怖くて、体が強張る。

「ねえ、君今ひとりなの？」

「カラオケでも行かない？」

これは……もしかして、ナンパっていうやつなのかな……？

もちろん、されたのは人生で初めて。

だけど……きっと私がひとりでいたから声をかけられたに違いない。

どこを見てもカップルだらけで、声をかけるのが私くらいしかいなかったんだ。

どうやって断ろうと思った時、その３人の顔に見覚えがあることに気づいた。

あれ……この人たち……。

正真正銘、クラスメイトだっ……。

「あ、あの……」

もしかして……私だって気づいてない……？

いや、きっと認識すらされてないんだ……。

そう思うと、少しだけ悲しい。

「うわ、近くで見るとますます可愛いんだけど」

「女子ひとりが嫌ならほかにも女の子呼ぶからさ、ちょっとでいいから付き合ってよ！」

「連絡先だけでもいいから！」

ニヤニヤしながら、そんなことを言っている３人。

「おい」

困り果てていると、後ろから声が聞こえた。

高良くんっ……！

振り返らなくても、誰の声かわかる。

「えっ……し、獅夜？」

男の子たちも、さすがに獅夜くんのことはわかったようで、私から手を離した。

「え、えっと……獅夜の妹……？」

「まーやに触んじゃねぇよ。散れ」

高良くんの言葉に、３人は大きく目を見開いた。

「まーやって……え？」

「……玉井さん？」

はっ……私の名前、覚えてくれてる……！

クラスメイトに認識されていないと思っていたから、純粋に嬉しかった。

「まーや、行こ」

　私の手を取って、歩き出した高良くん。

　怒ってる……？

　不機嫌そうな背中に、不安になった。

　私の腕を掴んだまま、人目の少ない場所に移動した高良くん。

「……真綾、メガネは？」

「え？」

「なんでかけてないの？」

　やっぱり、怒ってるのかな……？

　どうしてメガネをかけていないことに対して怒られるのかはわからないけど、高良くんが不機嫌なのは確かだ。

　悲しくて、思わず視線を下げた。

　おめかししてきたの……間違いだったかな……。

「そんな可愛いかっこしてたら、ほかの奴に見られんじゃん」

　不安になった私に届いたのは、拗ねたような高良くんの声。

　顔を上げると、高良くんは眉間にシワを寄せていた。

「ただでさえいっつも可愛いのに、何やってんの」

「あ、あの……」

「これ以上可愛くならないで。はぁ……」

　可愛いって……思って、もらえたのかな……？

「あ、あの、今日の格好、変じゃないですか？」

「変なわけない。最高に可愛い。外歩かせたくないくらい」

高良くんの拗ねた表情を見て、もしかしてやきもちを焼いてくれたのかもしれないと自惚れたことを思った。

「えへへ……よかったですっ……」

怜良さんに、感謝しなきゃっ……。

「まあ、俺のためにしてくれたなら許す」

高良くんは、そう言って私の手を握った。

「行こっか？　さっきみたいな男に声かけられたら困るから、俺のそば離れるの禁止」

「はいっ……！」

恋人繋ぎをして、ふたりで並んで歩き出した私たち。

楽しいデートになる予感しかしなくて、口元が緩んだ。

最高の日

【side 高良】

クリスマス・イブ当日。

真綾にとって最高の一日にするために、プランも練って、楽しませてやるって決めたのに……会って早々に嫉妬して不機嫌な態度を取ってしまった。

真綾に怒ってたわけじゃなく、怒りの矛先(ほこさき)はあのナンパ男たちだけど。

俺の真綾をキモい目で見やがって……。

今日の真綾はいつもと違う。

真綾は24時間365日どんな格好をしていても可愛いけど、今日は一段と可愛いかった。

俺のために頑張ってくれたのだと思うと嬉しい反面、今日のような人混みの中に、こんなにも可愛い真綾を野放しにするのが心配でたまらない。

真綾に近づく奴らは全員俺が始末するという気持ちを込めて、周りを警戒していた。

つーか……。

「なあ、あの子すっげー可愛くね？」

「うわ、ほんとだ……！　でも彼氏持ちじゃん」

「彼氏もイケメンだし、無理だろ」

いくらなんでも、目立ちすぎ。

俺の真綾を気安く見るなと、周りの男たちにガンを飛ばしまくっていた。

真綾が可愛いことなんか、俺がこの世で一番わかってる。

「やっぱり、カップルがいっぱいですねっ……」

真綾は見られていることなんか全く気づいていないのか、周りを見ながら呟いていた。

警戒心のかけらもない真綾。そんなところも可愛いし、俺が守るからいいけど……。

真綾に癒されて、苛立ちも収まった。

仕切り直しだ。今日は、真綾を楽しませる日なんだから、周りのことばかり気にしている場合じゃない。

俺は繋いでいる手に、力を込めた。

「俺たちもカップルだけど」

「は、はい」

恥ずかしそうに、顔を赤くしながら俯いた真綾。

今日も今日とて、俺の彼女が可愛すぎる。

「わあ……！」

水族館を前にして、真綾が目を輝かせていた。

どこに行こうか迷った末に、ずっと真綾が行きたがっていた水族館に行くことにした。

クリスマス限定のショーや展示もしているらしいから。

「綺麗っ……！」

水槽のトンネルを歩きながら、魚たちに見惚れている真綾。

どう考えても、真綾のほうが綺麗だけど。いや、魚と比べるもんじゃねーか。

　でも、この世の何よりも綺麗なのは真綾だ。
　それだけは断言できた。
　終始見惚れている真綾に見惚れながら、水族館を回る。
　この年で水族館を楽しめるのかと心配していたけど、真綾は子供以上にはしゃいでいて、ここを選んでよかったと思った。
　真綾はいつも大げさなくらい喜んでくれるから、連れてきてよかったと思わせてくれる。
　これからも、真綾が行きたいと言うならどこにだって連れていってやりたい。
「高良くん、綺麗ですね！」
　目をキラキラさせながら、水槽を見ている真綾。
「うん」
「……どこ見てるんですか？」
「まーや」
「……っ、ね、猫カフェの時も、そんなこと言ってました……」
　真綾の言葉に、懐かしくなった。
　初めて真綾と出かけた日だ。
　あの日も、真綾を楽しませたくて俺なりに必死だった。
　でも、今と比べれば、あの時の俺にはまだ余裕があったように思う。
　真綾を見つめて、微笑んだ。
「あの時より、今のほうがもっと好きだ」
　比べものにならないくらい。

もう、真綾のいない人生なんて考えられない。

俺の言葉に、また顔を赤くした可愛い真綾。

「私も……今思えば、あの時から高良くんのことが好きだったのかもしれません……」

「え？」

初めて聞く衝撃的な発言に、驚いて目を見開いた。

「ほんとに？」

「は、はっきりとはわからないんですけど……」

そう言いながら、真綾は恥ずかしそうに俺を見つめてきた。

「だけど、今は大好きだって、胸を張って言えます……」

真綾に夢中な俺は、その言葉に簡単に煽られる。

真綾の小さな耳に、口を寄せた。

「キスしたい」

真綾の耳は、一瞬にして真っ赤に染まった。

「だ、ダメですっ……！」

次のデートは、絶対に家にしよう。

一日中、まーやを独り占めする。

そう勝手に決めて、真綾に触れたい気持ちをぐっと堪えた。

水族館を出た頃には外は暗くなっていて、夕食の時間になっていた。

予約していたホテルのレストランに行き、ディナーを食べる。

今日はこのあと、このホテルに宿泊する予定だった。

真綾と、初めての泊まり。

やましい感情がないと言えば嘘になるけど、今日は純粋に真綾と離れたくなかった。

俺と真綾はまだ一線は越えていないし、無理強いするつもりだってない。

真綾はそういうことに疎いだろうから、いくらだって待つつもりだ。

……理性との戦いは辛いけど。

「うわぁっ……！」

ホテルの部屋に案内されて、真綾はまたはしゃいでる。

その姿を見るだけで心が満たされて、幸せになれた。

「あの、こんな素敵な部屋、いいんですか……？」

「うん。まーやのためにとった」

「先に風呂入っておいで」と伝えると、真綾が笑顔で頷いて浴室にかけていく。

浴室から「すごーい……！」という嬉しそうな声が聞こえて、口元が緩んだ。

愛おしすぎる……。

こんな可愛い生き物がいていいのか。

俺も風呂に入ったら、今日は寝よう。

真綾とふたりきりの部屋だと、いろいろやばいから……できれば早く寝てしまいたい。俺の理性が飛ぶ前に。

そう、思ったのに……。

「まーや、眠そうだけど寝る？」

「ま、まだ寝ませんっ……！」

ふたりとも風呂を出て、もう23時を過ぎているのに、真綾が一向に寝ようとしない。

眠そうに何度も瞬きをしているのに、頑なにベッドに行こうとしなかった。

クリスマスイブだから、寝たくないとかか……？

眠たそうに目をこすっている姿が可愛くて、ごくりと喉が鳴る。

いつになく、無防備な真綾は、それだけで俺の理性を揺らがせた。

「あっ……そろそろです……！」

そろそろ……？　何が？

時計に表示されている、23:59の数字。

日付が変わるのを見届けたいのか、真綾はじっと時計を見つめていた。

数字が、00:00に変わる。

途端、真綾が視線を時計から俺に移した。

「高良くん、お誕生日おめでとう……！」

満面の笑みを向けられて、一瞬理解が追いつかなかった。

高良くんは容赦ない

今日は……すごくすごく、楽しかった。
高良くんがお風呂に入っている間に、夜景を眺めながら今日一日を振り返る。
私が行きたいと言っていた場所に連れていってくれて、ショーの時間や美味しいお店も調べ尽くしてくれていた高良くん。
きっとそういうのはめんどくさがるタイプだと思うのに、高良くんが今日のためにいろいろしてくれていたことが本当に嬉しかった。
こんな素敵な部屋まで用意してくれて……高良くんのおかげで、最高のクリスマスイブになった。
でも、来年からはこんなにお金を使わなくてもいいからねって言っておかなきゃっ……。
高良くんはいつもいろいろしてくれるけど、私はほんとは……高良くんさえいてくれれば、それだけで楽しい。
ふたりでいられたら、どこに行っても素敵な思い出ができると思っていた。
「まーや、そろそろ寝よっか？」
高良くんはお風呂から出てくると、疲れたのかすぐに眠ろうとした。
本当は寝かせてあげたいけど……日付が変わるまでは待ってほしい。

高良くんの誕生日を、誰よりも先にお祝いしたいから。

私はいつも10時までには眠っているから、気を抜いたら眠っちゃいそうだった。

ぜ、絶対に眠らない……！

なんとか日付が変わるまで起きることに成功して、25日になった瞬間真っ先に高良くんを見た。

「高良くん、お誕生日おめでとう……！」

ふふっ、一番に言えたっ……。

おめでとうを言えたことに満足して、ご機嫌になる。

そんな私を見ながら、高良くんは固まっていた。

「た、高良くん……？」

どうして、そんなに驚いてるの……？

もしかして、自分の誕生日を忘れたわけじゃないよね……？

心配でじっと見つめると、高良くんはハッとして我に返った様子。

「誕生日とか祝われたの久しぶりすぎて、びっくりした」

そう言ってから、私を抱きしめた高良くん。

「嬉しい。ありがとうまーや」

声色から、本当に喜んでくれているのが伝わってきて、私も嬉しくなった。

「今日はクリスマスじゃなくて、高良くんの誕生日です！」

ぎゅっと、高良くんを抱きしめ返す。

「一緒にお祝いさせてくださいっ……」

「……ありがとう」

愛おしそうに見つめられて、心臓がいつも以上にドキドキする。
あっ……そうだ、プレゼント……！
「高良くん、ちょっと待っててください……！」
私は高良くんから離れて、カバンの中のプレゼントを取りに行った。
「これ、プレゼントです……」
本当は、こういうのは最後に渡すものかもしれないけど……大したものじゃないから、先に渡しておきたい。
が、がっかりさせちゃうのは嫌だからっ……。
「え？　ほんとに？」
プレゼントを受け取った高良くんは、子供のように無邪気に目を輝かせていた。
「あの、そんなにいいものじゃないので、期待しないでくださいね……？」
「真綾からもらえるものなら、なんでも嬉しいって」
ハードルを下げたつもりだったけど、高良くんの瞳は期待に満ちている。
「開けていい？」
「は、はい」
高良くんはラッピングをそっと解いて、中のプレゼントを取り出した。
「うわ……！」
嬉しそうに手袋とマフラーを触っている高良くんに、少しだけ安心する。

「高良くん、いつも寒そうだったから……作ってみたの……」
「待って……手編み……？」
「は、はい……初めてなので、大目に見てくれると嬉しいです……」
何度か失敗して、やり直したところもある。
特に手袋は難しくて、はじめから作り直した。
「めちゃくちゃ嬉しい」
すごく喜んでくれている高良くんの姿に、なんだか照れくさくなった。
こんなに喜んでくれるなんて……大変だったけど、作ってよかったっ……。
「ありがとう。365日使う」
「えっ……な、夏は暑いですよ……！」
「肌身離さず持つ」
大げさなくらいはしゃいでいる高良くんに、胸がきゅんと高鳴った。
私の手編みのマフラーと手袋でここまで喜んでくれるのは、高良くんくらいだ。
「まーやはいっつも、俺を幸せにしてくれる」
そんなふうに言ってくれるのも……。
世界中どこを探したって、きっと高良くんしかいない。
「幸せにしてもらってるのは、私のほうです……」
普段は照れくさくて言えないけど、今日は……私も素直に思っていることを伝えたい。

１年に１度の、高良くんが生まれた大事な日だから。
「私、高良くんと出会えて……幸せなことばっかりです……」
高良くんと出会う前は、私の日常はそれは寂しいものだったのだと思う。
私自身それに気づいていなかった。
誰かと一緒にいる楽しさを知らなかったから、寂しいっていう感情すらちゃんとわかっていなかった。
「今は、毎日が楽しくて、キラキラしてて……高良くんのおかげです」
きっと今高良くんが私の前からいなくなったら、私は寂しくて泣いてしまう。
高良くんが、誰かといる幸せを教えてくれたから……。
「それはこっちのセリフ」
私の頭を、そっと撫でてくれた高良くん。
高良くんの大きな手で撫でられるのが好き。
私はもう……高良くんがいないとダメになってしまってる。
「まーや、俺からも……はい」
「え……？」
近くにあったカバンから小さな箱を取り出した高良くん。
その中には、ふたつの指輪が入っていた。
「これ……」
「ペアリング。俺からのクリスマスプレゼント」
高良くんは、小さいほうの指輪を私の指にはめてくれた。

ピンクゴールドの指輪がはまった自分の手を見つめる。
「……重い？」
高良くんはなぜか、不安そうに聞いてきた。
「どういう意味ですか？」
「ペアリングは重いって姉貴に言われた」
「そんなことないですっ……」
ぎゅうっと、今度は私から抱きついた。
「高良くんが私のために選んでくれたものなら、なんでも嬉しい……」
私だって、同じですっ……。
「いつも、ありがとうございますっ……」
嬉しくて、涙が溢れた。
「高良くん、生まれてきてくれてありがとうっ……」
私を——見つけてくれて、本当にありがとうっ……。
私の涙で、高良くんの服が濡れてしまう。
離れようとしたけど、高良くんが離さないというように強く抱きしめてきた。
「そんなん言われたの、初めて。……誕生日が嬉しいって思ったのも初めて」
高良くんの声も、心なしか震えているように聞こえた。
「まーやといると、初めてのことばっか」
泣いているわけではなさそうだけど、何かを噛みしめるように、きつく抱きしめてくる高良くん。
苦しいけど、今はそれが心地よかった。
そっと、高良くんに寄り添うように体を預ける。

「今……すごく、幸せです」
　言い表せないくらいの、多幸感に包まれている。
　高良くんは私を抱きしめるように腕を回してから、おでこに口付けた。
「俺も」
「ふふっ」
　さっきまであった眠気は覚めていて、ふたりでベッドに寝転びながらじゃれあった。
「俺、まーやと出会う前までは、何もかもどうでもよかった」
　高良くんはそう言って、私の頬を撫でてきた。
「でも……まーやを見つけてから、毎日幸せ」
　きっと、幸せをもらっているのは私のほう。
　高良くんとの出会いが、私の人生を180度変えた。
「愛してる」
　愛の言葉を告げられて、高良くんへの愛おしさが溢れ出す。
「これから先も、俺だけに愛されてて」
　耳元で囁かれた甘いセリフに、頬が熱をもった。
　高良くんはいつだって、甘い声と言葉で私を翻弄する。
　かっこよくて、優しくて……とびきり甘くて。そんな高良くんと、ずっと一緒にいられますように。
　そう願いながら、私は言葉の代わりにそっと頬に口付けた。
「……今のはまーやが悪い」
「え？……た、高良くっ……」

「煽った責任はとりましょうって、学校で習っただろ？」
「な、習ってないよっ……」
「まーやはまだまだ、俺にどれだけ愛されてるか自覚してないみたいだから……これから嫌ってほどわからせてやる」
　高良くんからの容赦ない溺愛行動は、これからも続きそうです。

【END】

特別書き下ろし番外編

愛の暴走

【side 岩尾】

　これは、俺とたまの今までの話。

　たまとの出会いは……小学校１年の時だった。

「岩尾くんっていうの……？　私の名前は玉井真綾。な、仲良くしてねっ……」

　俺の人生において、あれほどの衝撃を受けたことは後にも先にもない。

　俺は幼いながらに決意したんだ。

　絶対にこいつと——結婚するって。

　たまの可愛さは、それはもう小１にしてできあがっていた。こいつは本当に人間かと思うくらい、その笑顔には尋常離れした愛嬌が溢れていて、俺をおかしくさせた。

「岩尾くん……？」

「……なんだよたま」

「た、たま？」

「玉井だから、たまでいいだろ」

　早く手に入れないと奪われる。

　俺だけのものにしたい。

「い、嫌だよそんな呼び方っ……」

「うるせー！　俺に口答えすんな！」

　他のやつと一緒じゃ意味ないだろ。それに、“たま”って猫みたいで可愛いじゃん。こいつ小動物っぽいし。

お前は……俺の、俺だけの言うことを聞いてればいいんだよ。

こいつの世界を、俺だけにしたい。

「お前ら……何があっても絶対、たまと話すなよ」

俺の命令に、歯向かう奴はいなかった。

俺は幼稚園の時から空手を習っていて、喧嘩じゃそのへんの奴には負けなかった。

要領がよくて、運動も勉強もできたし、気づけばクラスのボスになっていた。

正直、たまは一番男子から人気があったし、仲良くなろうと頑張っていた奴もいたけど……どいつもこいつも俺を敵に回す度胸はなかったんだろう。

「あいつは俺のだからな。奪おうとした奴はただじゃおかねぇ」

俺が命令を出してすぐ、たまはクラスでも孤立した。

今まで普通に話してくれていたクラスメイトたちが自分を避けるようになって、悲しんでいるたまの姿を見て、俺は満足した。

たまには、俺がいればいいからな。

「おい、たま！　お前いつもひとりだよな」

「……」

うわ、泣きそうな顔してるし……。

そんなに悲しいのか？　俺がいるからいいだろ。

俺が命令したくらいで、お前から離れていく奴らなんかお前には必要ない。

「そ、それは、岩尾くんが……」
「俺がなんだよ？」
「……な、何もない……」
「ひ、ひとりはかわいそうだからな、俺が一緒にいてやろうか？」
「いいっ……」
「なっ……！　お前、俺がせっかく一緒にいてやるって言ってるのに……！」
　意地張ってないで、早く素直になればいいのに。
　お前が一緒にいてほしいっていうなら……俺がずっといてやんのにさ。
　小学３年になった時、クラスメイトでは誰がかっこいいだの誰が可愛いだの、恋愛の話が多くなった。
　なんでもできる俺はモテていたから、女子から好意を寄せられることも多く、告白されることも増えた。
　そして……。
「ねえ、どうして岩尾くんは玉井さんのことばっかりかまうの？」
「玉井さんばっかりずるい！」
　俺のことを好きな女子が、たまに嫌がらせするようになった。
　もちろん知っていたが……たまが孤立すればするほど、俺としては都合がいい。
　たまも、俺に頼ってくればいいのに。
　助けてって言えば、たまをいじめる女子のことも黙らせてやんのに。

そんなこんなで、俺としては順風満帆な日々を送っていたある日、たまが学校に来なくなった。
もちろん俺は心配したし、たまがいない毎日なんて退屈でしかない。
なんのために毎日学校に行ってると思ってんだ……。
たまが来なくなって１週間。さすがに心配で、いてもたってもいられなかった。
風邪とか病気ではないらしいし……まさか、クラスでひとりだから来なくなったとか？
あいつ、転校するとかじゃないだろうな……？
なんで来ないんだよっ……。
先生に聞いても、家庭の事情でとごまかされるばかり。
俺はたまっているプリントを持っていくという名目で、たまの家に行った。
――ピンポーン。
『はーい』
「あ、あの、岩尾です。たま……真綾の、クラスメイトの……」
『あら！　真綾のお友達？　ちょっと待ってね』
すぐに出てきた、ひとりの女の人。
この人が、たまの母親……。
たまは母親似だな。びっくりするほど綺麗だし、俺の親や周りの奴の親と比べてもずいぶん若い。

　たまの親とは、これから長い付き合いになるだろうから、ちゃんと受け答えしねーと……。
「あの、真綾は元気ですか？」
　できるなら、一目でいいから見たい。
「心配してくれてありがとう。少し元気がないみたいなんだけど……体調は問題ないわよ」
「そうですか……」
　やっぱり、女子からなんか言われて、耐えきれなくなったのか……。
　ちっ……。
「みんな待ってます。お大事に」
「ありがとう。真綾に伝えておくわ」
　たまが助けてって言ってくるまでは黙ってようと思ったけど……仕方ないな。
　次の日、俺は女子どもを呼び出した。
「お前ら、たまになんか言っただろ」
「え？　あ、あたしたちは何も……」
「とぼけんな、そういうの鬱陶しい。次たまになんか言ったら許さないからな」
　もうたまにちょっかいをかけるバカはいなくなるだろう。
　だから……早く来い。

　それから数日が経って、ようやくたまは学校に来た。
　けど、いつものたまとは違って……なぜか、分厚いメガネをかけていた。

たまの可愛い顔が見えづらくなって不便な反面、たまの顔をほかの奴に見られないのはいい。

いずれ付き合ったら、ふたりの時に外させればいいだけだし……メガネは好都合だな。

無事にたまが学校に来るようになったし……あとは付き合うだけだ。

たまに、俺と付き合いたいって言わせればいいだけ。

今になって思うが、プライドの高い俺は自分から告白するという選択肢があることを考えてもいなかった。

毎日のように告白するチャンスを与えてやっているのに、たまは一向に告白してこない。

むしろ、俺が話しかけると嫌そうな顔さえする始末。

最初は照れているのかと思っていたが、あからさまに逃げられるようになって、苛立ちが募っていた。

中学に入ってからはとくに、俺のことを避けている。

いい加減、俺のことを好きになればいいのに。

俺はこんなにたまのことが好きなんだから、あいつも好きになるべきだ。

それに、一体俺の何が嫌なのかわからない。

俺は成績もいいし、スポーツだって得意だ。サッカー部ではエースだし、素行がいいから教師からの評判もいい。

優良物件だろ、どう考えても。

なのに、どうしてたまは俺に落ちない。

　中３の進路相談の時期が近づき、今まで以上に焦っていた。
　早くしねぇと、卒業しちまう。
　たまは、県内で一番偏差値の高いＴ高から推薦をもらってるって噂があった。
　俺も、今から勉強すればギリギリ合格の可能性はあるとはいえ……まじで死に物狂いで受験勉強をする必要がある。
　将来はサッカーコーチになりたいと思っていて、志望の大学ももう決まっているから、平均より上くらいの高校に行ければいいと思っていたのに……たまのせいで人生計画が狂いそうだ。
　まあ、たまを手にいれるためなら別にいいけど。
　そんなことを思っていた時、俺は聞いてしまった。
「本当にＴ高に行かないのか？」
「はい……」
　え……？
　たまの進路相談の時間に、教室に近づいて聞き耳を立てていた。
「S高も悪くはないんだがな……もったいないぞ」
　S高って……別に悪くないけど、T高に比べたら偏差値も下がる。
　せっかくＴ高から推薦がもらえるのに、それを蹴ってまで県外のＳ高に行くとか……。
　たまの奴……絶対に俺を避けて進学先を変えたな。

どうしてここまで俺から逃げようとするんだよ……意味がわからない。

腹が立つけど……S高なら今の俺なら合格圏内だ。

この時、俺の志望校が決まった。

たまの奴……俺から逃げられると思うなよ。

入学式の日。

俺を見て顔を真っ青にしたたまの顔を見て、高揚感が止まらなかった。

わざわざ俺から逃げようとして、推薦を蹴ってまできた高校で……まさか俺に会うなんて思いもしなかっただろう。

思い知ればいい。お前は俺と一緒になる運命なんだって。

高校生活では絶対に……たまを俺のものにする。

そう誓ったのに……。

昨日、たまは忌々しいあいつの恋人になった。

本人から直々に聞かされた俺の心はズタボロだ。

俺以外の男が、たまの恋人……こんな最低な展開、過去の俺は想像もしていなかった。

こんなことになるなら、もっと早くに、俺から告白して……。

後悔ばかりが脳内を駆け巡っていた時、廊下の外にたまの姿を見つめる。

その隣には、デレデレした緩みきった顔でたまを見る獅夜の姿も。

……朝から最悪なもん見た。

あんなもん、この世で一番見たくない光景だ。

あー……。

後悔しても、なったもんは仕方ない、か……。

だからって、俺の将来計画は変わらない。

たま……真綾を俺のものにする。その目的は何があったって果たしてみせる。

俺の心を動かすのは、この世で真綾だけだから。

俺は諦めないからな……バカ真綾。

2年生

高良くんと付き合い初めて、早半年が経とうとしていた。
私たちは……無事、２年生に進級した。
高良くんとクラスが別々になってしまうことを恐れていたけど、２年生も一緒のクラスに。
そして……補習を突破し同じく進級できた一田さん、二山さん、三川さんとも同じクラスになれた。
３人はたまに教室に来てくれるようになって、会った時はお話もする仲になっている。
怜良さんとも、月に２度は遊びに行っていて、順風満帆な楽しい日々を送っていた。
そんなある月曜日……私は異変が起こっていることに気づいた。
「面倒なことになってるっすね……」
「え？」
体育の時間。最近は週に何度か授業にも出席してくれるようになった一田さん、二山さん、三川さんの３人が、眉間にシワを寄せていた。
「高良さんっすよ！」
高良くんが、面倒なこと……？
ますます意味がわからなくて首をかしげると、そんな私を見て３人はひどく焦っている。
「１年と、新しく同じクラスになった奴らからもモテてるじゃないっすか！」
　衝撃の事実に、目を大きく見開いた。
「そ、そうなんですかっ……？」
「気づいてなかったんっすか……？」
「真綾さん、相変わらず鈍感すぎっす……」
　でも、驚いたものの……高良くんがモテているのは前からな気が……。
「か、かっこいいので、モテているのは当然じゃないかなと……」
　私の言葉に、３人は何やら盛大にため息をついた。
「前までは目の保養って感じで、観賞用扱いだったじゃないっすか」
　か、観賞用？
「１年の時に同じクラスだった奴らは、さすがに高良さんの真綾さん溺愛っぷりを知ってるから、もう諦めてるみたいですけど……新入生の奴らとか、別のクラスだった女はこぞって狙いに来てるっすよ」
　そ、そうだったんだ……全然知らなかった……。
　そういえば、昨日も靴箱にラブレターのようなものがいっぱい入っていて、高良くんがキレていた。
「別に、高良さんが相手にするとは思ってないっすけど、鬱陶しいんっすよ！」
「そうっす！　どいつもこいつもなめやがって……！」
「ガツンと言ってやってください真綾さん！」
　３人に詰め寄られ、うろたえてしまった。

「な、何を言うんですか？」
「あたしの高良に近寄るなぁって！」
「そ、そんなこと言えませんっ……！」
「邪魔な奴がいたら、あたしらにいってくださいね」
じゃ、邪魔な奴ら……あはは……。
言い方が物騒だけど、皆さんが心配してくれているのが伝わってきた。
「あたしたちは、真綾さんの味方っすからね」
「真綾さんの敵はあたしらの敵！」
「あたしらが守ります!!」
一田さん、二山さん、三川さん……。
「ありがとうございますっ……」
３人の優しさに、笑顔が溢れた。

体育の授業が終わって、４人で教室に戻る。
「２年の獅夜先輩って、めちゃくちゃかっこよくない？」
その途中、廊下にいた女の子たちの会話が耳に入った。
１年生かな……やっぱり、３人が言ってた噂は本当なんだ……。
「でも女嫌いだって有名らしいよ？」
「大丈夫大丈夫！　だって、彼女いるもん！　それに、その彼女めちゃくちゃ地味らしい」
「じゃあ簡単に奪えそうだね……！」
私たちには気づいていないのか、目を輝かせながら話している女の子たち。

う、奪えそうっ……。

「……コロす」

一田さんが鬼の形相をしながら女の子たちのほうに行こうとして、慌てて止めた。

「ま、待ってください……！」

「真綾さん、あんなん放置しておけないっすよ！」

し、心配してくれるのは嬉しいけど、喧嘩はダメ……！

「つーか、可愛いんだから、こんなメガネつける必要ないですって！」

「そうっすよ！　ずっと思ってたっすけど、メガネさえ取れば問題は解決するんっすから……！」

メ、メガネを取れば解決……？

少しは地味さが薄れるってことかな……あはは……。

でも、そうだよね……私がこんなだから、入る隙があるって思われるんだ……。

高良くんは毎日のように好きだと伝えてくれるし、捨てられるって不安はもうない。

高良くんの気持ちを信じているし、私も愛されていることは自覚できるようになった。けど……。

罪悪感は、あった。

きっと、私が相手だから……こんな状態になっているに違いない。

何度か、噂話が耳に入ったことはある。

あの獅夜高良の恋人は、地味でなんの取り柄もないような女だ、って……。

高良くんと付き合い始めてから、自分を卑下することはなくなったように思うし、高良くんの気持ちを裏切ることにもなるから私なんてという気持ちも薄くなった。

だけど、自分が高良くんに釣り合っていないという自覚はちゃんとある。

少しずつ努力しているつもりだったけど……きっと全然追いついていない。

私のせいで、高良くんの評判まで下がってるのかもしれない……。

それは、嫌だ……。

もっと一目でわかるような、外見の努力もしていくべきだよね……。

やっぱり、メガネを卒業するとか……。

もっと……高良くんの隣に並んでも恥ずかしくないくらい、可愛くなりたい……。

「あ、あのっ……」

私は覚悟を決めて、顔を上げた。

「みなさんみたいに、可愛くなる方法を教えてくれませんかっ……」

そう言って、深く頭を下げた。

私は同年代の女の子に比べても、美容の知識が少ない。

一田さん、二山さん、三川さんは美人で、おしゃれだから……助言をいただきたかった。

「私……高良くんに、ふさわしい彼女になりたくて……」

いつまでも……このままじゃダメだ。

「無理な願いだってわかってるんですけど……少しでも、釣り合いたいです……」

　周りの人に認めてもらうことが全てではないと思うけど、大好きだから……ずっとそばにいたいからこそ、強くそう思った。

「任せてください……！」

　一田さんの言葉に、頭を上げる。

「つーか、あたしらより断然真綾さんのほうが可愛いっすから！」

「メガネ外せば全部解決っす！　それと、スカートの丈変えて……」

「髪型も変えれば、あっちゅうまですよ！」

　笑顔でそう言ってくれる３人に、胸の奥がじーんと温かくなった。

　そういえば……。

　１年前の私が今の私を見たら、きっとびっくりするだろうな……。

　いつもひとりで、挨拶をするような友人もいなくて……でも今は、高良くんがいてくれて、怜良さんがいてくれて、そして一田さん、二山さん、三川さんもそばにいてくれる。

　今の環境に、心の底から感謝した。

「とりあえず、メイクします？」

「いや、今日はもう授業少ないし、明日早く集まってメイクしてから学校行きましょっか！」

「あたしのメイク道具あげますよ！　使ってないのいっぱ

いあるんで！」

「いいんですか……？」

「使わないからいいっすよ！　あたしには合わなかったのとかいっぱいあるんで！　明日持ってきます！」

「メイクいらないくらい可愛いっすけど……徹底的に磨き上げてほかの女どもの度肝を抜いてやりましょう！」

「あたしたちがもう１回、絶世の美少女に仕上げます！」

３人の心強すぎる言葉に、もう一度ありがとうございますと言って頭を下げた。

謎の美少女、現る！

今日は、HRが始まる１時間前に怜良さんのお家に集合させてもらうことになった。

一田さんたちが怜良さんにも話してくれたらしく、怜良さんも手伝いたいと言ってくれたんだ。

私はつくづく人に恵まれているなと、感謝の気持ちでいっぱいだった。

学校に行く準備をして家を出ようとした時、鏡に映った自分の姿。

これは……外していこう。

私はそっと、メガネを外した。

特に代わり映えはしないけど、顔も見えるようになって少しは地味な雰囲気も薄れた気がする。

メガネをそっと玄関の棚上に置いて、「いってきます」と家を出た。

「よ、よろしくお願いします……！」

怜良さんのお家……兼、高良くんの実家は、何度来ても慣れないっ……。

お手伝いさんに案内されて怜良さんのお部屋に行くと、すでにみんな揃っていた。

「まーやちゃんおはよう！　あら……！」

私を見て、驚いているみんな。

「もうメガネ外したんっすね！」
「は、はい……」
　レンズ無しで皆さんを見るのはちょっぴり恥ずかしくて、視線を下げた。
　だけど、恐怖心は少しもないし、レンズのない視界はいつもよりも鮮明に見えた。
「……いや、元がいいから、もうメガネ外すだけで十分な気がしてきたっす」
「あたしも……」
「これ以上メイクしなくても十分……」
「まあそうだけど、できる限りのことはしましょうよ！　度肝を抜かせてやりたいからね！　さ、まーやちゃん座って！」
　怜良さんに案内され、恐る恐る高級そうな椅子に座らせてもらう。
「それじゃ、始めるわよ！」
「「「はいっす!!」」」
　みなさんが一斉に、私の髪や肌に触れて、あれこれとセットを始めてくれる。
　私はされるがままで、できるだけじっとしていようと背筋を伸ばした。
「真綾さん、やっぱ肌綺麗っすね～」
「そ、そうでしょうか……」
「髪もさらんさらんだし……羨ましいっす……！」
「あ、ありがとうございますっ……」

褒めてもらえるのは、素直に嬉しい。
「そういえば、明後日、半年記念日だって言ってたわよね？」
「はいっ……！」
怜良さんの言葉に、笑顔で頷いた。って、髪の毛をセットしてもらってるのに、首振っちゃダメだったっ……！
だけど、思い出したら楽しみで、口元が緩んでしまう。
今週の土曜日、私たちは半年の記念日を迎える。
土曜日は、高良くんのお家にお泊まりする予定だった。
高良くんは毎月記念日はとびきりのサプライズを用意して祝ってくれるけど、半年記念日は家で過ごしたいと私がお願いしたんだ。
いつもお金を使わせてばかりだし、それに、半年記念日くらいは私がいろいろしてあげたいなって思って……。
土曜日は高良くんのお家で私が夜ご飯を作って、ふたりで一緒にお祝いしたいと考えていた。
「半年って長いっすね！　あたし、最長で２週間っすよ！」
「お前が短いんだよ」
「真綾さんと高良さんが別れるなんて考えられないから、ふたりはずっと一緒にいるんだろうなって想像できます」
そんなふうに言ってもらえるのは、とっても嬉しい……。
「記念日は何するの？」
「高良くんのお家にお泊まりにいきます！」
「泊まり……」
私の返事に、なぜか表情を曇らせて怜良さん。
「……ねえ、まーやちゃん」

「……？」
「野暮だろうからと思って聞かなかったけど……クリスマスに泊まった時は、何もなかったのよね？」
「何も？」
「その……高良とは、キス以上のことは……し、してないのよね？」
　その言葉に、ぼぼっと顔が熱くなる。
　ク、クリスマスの前も、そんなことを聞かれたような気がっ……。
　キス以上って、一体っ……。
「この反応は何もなかったっぽいっすね」
「半年間、手出さないとか高良さん以外と忍耐力あるっすね」
「あの人真綾さんに骨抜きなのに……」
　一田さん、二山さん、三川さんは口々に呟いていて、ますます疑問が膨らむばかり。
　みなさん、何を言ってるんだろう……？
「まーやちゃんのためを思うなら……教えといたほうがいいわよね……」
「え？　まじっすか……？」
「だって、わからなかったらそういう空気になった時、戸惑うじゃない？」
「確かに、心の準備は必要かもっす……真綾さんまじで何も知らなさそうだし……」
　ぼそぼそと私には聞き取れないくらいの声で話している

４人に、頭の上にはいくつものはてなマークが並んでいた。
　怜良さんが、手を止めてじっと私を見つめてきた。
「まーやちゃん、聞いて」
「は、はい」
「今から……大人の授業をするわ」
　大人の授業……？
「まーやちゃんにはピュアのままでいてほしい気持ちもあるんだけど……いつかは通る道だもの……！」
「なんか、悪いことしてる気分っすね……」
　悪いことという単語に、ちょっと不安になってしまう。
　こ、怖い……だけど、いつかは通る道って……。
　キス以上の、私が知らない何かがあるのかな……？
「それじゃあ……ヘアセットしながら教えていくわね」
　怜良さんは再び髪を触りながら、神妙な面持ちで口を開いた。
「まーやちゃんにとってはショッキングな内容もあるかもしれないから……覚悟してね」
　ショッキングな、内容……ますます恐ろしいっ……。
　私は身構えながら、「は、はい」と返事をした。

「……つまり、世の中の恋人は当たり前にそういうことをしてるの」
「……」
　怜良さんから聞いた話は……私には衝撃的だった。
「……まーやちゃん？」

「そ、そそそ、そうなんですか……」

し、知らなかった……世の中のカップルが、そそ、そんなことをしていたなんてっ……。

「……やっぱり刺激が強かったかしら……」

キャパオーバーになっている私を見て、怜良さんが苦笑いを浮かべている。

怜良さんが教えてくれたのは、恋人同士の、夜の事情についてで……私は高良くんと半年間付き合っていて、一度も経験のないことだった。

いつもキスをしたり、ぎゅってしながらお昼寝することもあったけど……体を触られたり、その、そういうことはなかった。

だけど、高良くんもそういうことがしたいと思っているの、かな……。

怜良さんや一田さんたちの反応を見るに、普通の女子高生なら知っている常識みたいだったから……きっと私がそういう話に疎いのをわかって、何も言わないでいてくれたのかもしれない。

「高良は急ぐつもりはないだろうし……ふたりはふたりのペースでいいと思うわよ！」

怜良さんは笑顔でそう言ってくれるけど、私は少し申し訳ない気持ちになった。

高良くんに、我慢させていたのかもしれない……。

「急にそういう状況になって、まーやちゃんがパニックにならないようにと思って話したけど……そんなに深く考えなくていいのよ？」
「あ、ありがとうございます……」
「き、気にしすぎないでね？」
　気を使ってくれる怜良さんは、やっぱり優しい。
「こんな話をした後になんだけど、もしそういう空気になっても嫌な時は嫌って断ってもいいのよ？　恋人同士なんだから……なんでも言うこと聞く必要なんてないんだから」
　私は、嫌だと思うのかな……？
「まーやちゃんは、たまにはわがまま言ってもいいのよ。きっとそっちのほうが、高良は喜ぶだろうから」
　私……きっと今までも高良くんに、我慢ばっかりさせてきた。
　だけど、本当は……高良くんが望むなら、どんなことでも応えたいって思ってるんだ……。
「ありがとうございますっ……」
　怜良さんの優しさに、笑顔でお礼を伝える。
　半年記念日……勇気がでたら、思い切って高良くんに聞いてみよう……。
　高良くんは、わ、私と、そういうことがしたいですか？って……。い、いや、直球すぎるかなっ……。
「よし、終わったわ！」
「あたしらも終了っす！」
　みなさんの言葉に、顔を上げた。
　わっ……。
　鏡に映った自分の顔に、２回目だけど驚いてしまう。

クリスマスの日にしてもらった時と同じくらい、自分の顔がいつもと違った。

これなら……少しは高良くんに、近づけたかな……。

「怜良さん、一田さん、二山さん、三川さん、本当にありがとうございました……！」

立ち上がって、みなさんに頭を下げた。

「いいんっすよこのくらい！　じゃ、早速学校行きますか！」

「はい……！」

「そうね、見せつけてやりましょ」

「あ、待ってください！　スカートの丈もうちょっと短くして……」

一田さんと二山さんが、制服の着こなしも教えてくれた。

「制服のボタンも１個くらい開けましょう……！って、これ……」

ボタンを開けてから、何やら顔を赤くした二山さん。

「……真綾さん、これやばいっすよ」

「え？　……あっ……！」

わ、忘れてたっ……。

鎖骨のところに、高良くんがつけたキスマークがあること。

「鬱血してないっすか……？　相変わらず独占欲やばそうっすね……」

「高良さん、もう我慢も限界なのかも……」

「あの人これでよく耐えてますね……いや、耐えられてないんじゃないっすか？」
「え、えっと……」
　キスマークがバレたのが恥ずかしすぎて、私はボタンを一番上までとめ直した。

　怜良さんのお家を出て、４人で学校に向かう。
「これで問題解決っすね〜」
「問題……？」
「こんな美少女彼女がいるってわかったら、全員諦めるっすよ」
　口々に何か言っているみなさんに、首をかしげる。
　学校が近づいてきて、ちらほらと生徒の姿も見え始めた。
　気のせいじゃないくらい視線を感じて、肩を縮こめる。
　多分、私の後ろに一田さんたちが歩いているから……なんであいつが前に立ってるんだって思われてるに違いない……。
　明らかに、私は４人の子分に見えると思うから……。
「あ、あの、私は後ろを歩きたいですっ……」
「ダメっすよ！　見せしめっすから！」
　み、見せしめ……？
　わからないけど、後ろを歩くことを許してはもらえなかった。
「ねえ、あれ誰……？」
「他校の子だろ？　あんな美少女うちの高校にいなかったって……！」

「でも、うちの高校の制服だろあれ……」

朝の登校ラッシュの時間帯ということもあり、視線が痛すぎる。

地味でへなちょこそうな私が華やかな皆さんを従えているような構図はあきらかに違和感があるだろうから、視線を集めるのも無理はないけど。

「くくっ、気分いいっすね～」

「誰も真綾さんって気づいてないっすよ」

「名札つけとけばよかった」

名札？

「あたしも教室までついていくわ。高良の反応も気になるしね」

いつも以上に上機嫌な怜良さんが、そう言ってウインクをした。

止まらない独占欲

【side 高良】

あー……早く週末になれ……。

朝。真綾より先に教室に着いて、机に伏せていた。

今週の土曜日、真綾と付き合って半年になる。

正直、まだ半年しか経ってないのかって感覚だった。

真綾と出会う前まで、どうやって生きていたのか思い出せないくらい。

これからもずっと一緒にいるから、半年は節目のひとつに過ぎないけど、記念日は大事にしていきたい。

女子はそういうのが好きらしいし、真綾が喜ぶならなんでもする。

本当は、今回も俺がいろいろ調べて予約して、サプライズとかをしようと考えていたけど、真綾が家で過ごしたいと言ってくれた。

気を使ってるのかと思ったけど、ふたりでゆっくり過ごしたいとか可愛いことを言うから、それ以上は何も言わなかった。

俺も、できるならふたりだけの空間で、ずっと真綾を独り占めしてたいから。

プレゼントはもう用意したし、あとは土曜日までに部屋を片付けるだけ。

今から、土曜日が待ち遠しかった。

……にしても、真綾が遅い。

いつもならこの時間には来てるはずなのに……。

心配になって、顔を上げてスマホを開いた。

「なんか、謎の美少女がいるらしいよ……！」

やけに周りが騒がしいことに気づき、違和感を覚える。

「さっき窓から見えたけど、マジで可愛かった……！」

女の話題には興味がない。真綾以外に可愛い女なんかこの世に存在しないから。

……と、言ってられるのもその時までだった。

「一田さんたちに囲まれてるらしい……」

は……？

「その子もヤンキーなの？」

「いや、それがそんな感じには見えなくてさ……」

嫌な予感しかせず、眉間にシワが寄る。

一田って、多分姉貴の下っ端だ。

２年になって同じクラスになり、たまに真綾が一緒にいるのを見かける。友達ができたのが嬉しいのか、俺にもいつも話してくれるから。

真綾との時間を奪われるのは腹が立つけど、真綾が楽しそうだからいいかと思っていた。

「なあ、もしかしたら、それって玉井さんじゃないかな……？」

ひとりのクラスメイトが、そう言ったのが聞こえた。

「え？　いやいや、そんなわけないでしょ」

「俺たち、イブの時に超絶美少女見つけてナンパしたんだよ。それが玉井さんだったんだよな」

あ……？

あいつ、あの日のナンパ野郎か……？

「どういうこと……？」

男の言葉に、周りにいた奴らが困惑している。

「うっわ……」

「あの子誰だよ……!?」

「可愛すぎるって……」

廊下が騒がしくなり、特に男が変な声を上げているのが聞こえた。

視線を向けると、そこには歩いてきている真綾たちの姿が。

……嫌な予感が的中した。

メガネを外している真綾が、俺のほうに駆け寄ってくる。

「た、高良くん、おはようっ……」

俺を見て、嬉しそうにしている真綾。メガネがないから、その表情がはっきりと見えて……その可愛さはいつも以上の破壊力があった。

「え……あれ、玉井さん……!?」

「玉井さんって、あんなに美少女だったの……？」

クラス内はざわつき、真綾を追いかけてきたのか、廊下にいた連中も騒々しくなっている。

「だから岩尾くんにも獅夜くんにも好かれてたんだ……」

「あれだけ可愛かったら、納得だよね……」

……うぜぇ。

　今も相変わらず真綾に付きまとっている忌々しい名前が聞こえたことも、俺の機嫌を悪くさせる要因になった。
　真綾を追いかけるように、教室に入ってきた姉貴と、その下っ端たち。
　俺は真綾の肩を抱いて、自分のほうに引き寄せた。
「えっ……た、高良くんっ……」
「……おい、てめーら何余計なことしてんだよ」
　４人を睨みつけると、下っ端たちは気まずそうに視線を伏せ、姉貴はニヤニヤと腹が立つ顔を浮かべている。
　勝手なことしやがって……。
「ち、違うんです……！　私がお願いして……！」
　え……？
　どうせ、姉貴が俺の反応を楽しもうとしてやったことだと思っていた。
「……まーやが？」
　理由がわからず、困惑した。
「……ちょっと来て。ここじゃまともに話せない」
　とにかく、ギャラリーが鬱陶しい。
　俺は真綾の手を掴んで、教室を出た。

「……で？　どういうこと？」
　近くの空き教室に入って、中から鍵を閉める。
「なんで……いつもと格好違うの？」
　メガネもそうだけど、髪型も……よく見ると化粧もしてるし、いつもは長いスカートの丈も短くしてる。

「い、嫌でしたか……？」

俺を見て、泣きそうな顔をしている真綾に罪悪感が込み上げた。

「違う、ごめん、言い方きつかった……？」

焦って連れてきて、問い詰めて……真綾を怖がらせたかもしれない。

「嫌とかじゃなくて……急に変わったからびびったっていうか……メガネも……」

反省して、できるだけ優しい声色で聞く。

真綾は安心したのか、表情を和らげた。

「……高良くんの、おかげです」

俺……？

「もう怖くないって言ったら嘘になりますけど、私は……変わりたくて……ようやく、卒業できました」

真綾が、心なしか生き生きしているように見える。

さっきは、真綾がほかの奴にじろじろ見られて、気分が悪かったけど……真綾がメガネを外せるようになったなら、そこは純粋に祝いたい。

自分の彼女の成長を、おめでとうと言える男でいたかった。

「今日、怜良さんたちにお願いしたのも、堂々と高良くんの隣に立ちたくて……」

まーや、そんなこと考えてたのか……？

別に着飾らなくったって、真綾はいつでも堂々としていればいいのに。

俺が、俺の隣にいてほしいって望んでるんだから。

「高良くんにずっと好きでいてもらいたくて、私も、変わりたいんです」

「まーやは……」

「高良くんが、変わらなくていいって思ってくれていることもわかってます。だから……変わりたいんです」

俺が言うよりも先に、ちゃんと気持ちが伝わっていたみたいで安心する。

まーやはそのままでいい。

真綾なら、きっと太ったって可愛いし、どれだけ歳をとっても、俺が真綾を可愛いと思うことは変わらない。

「私の全部を受け入れてくれる高良くんがいるから……私も、もっとこの人にふさわしくなりたいって、思えました」

「……」

まーやの気持ちは、とりあえずわかった……。

変わらなくてもいいけど、俺のために変わりたいって思ってくれるのは嬉しいし、愛おしい。

「あの……今日の格好は、どうですか……？」

恥ずかしそうに顔を赤らめながら、そう聞いてくる真綾。

そんなもん、聞かなくてもわかるだろ。

「死ぬほど可愛い」

真綾の華奢な体を、強く抱きしめた。

「俺以外に見せたくない」

首筋に顔を埋めて、甘えるように擦り寄る。

真綾はいつかメガネを卒業したいって言ってたし、祝福したいけど……素顔を見れるのは俺だけがいいとか、とんでもない束縛男のようなことを思った。
「今まで以上に束縛しそう」
　日に日に好きになっていくと同時に、自分の独占欲が増していることも自覚していた。
「今まで、束縛してましたか……？」
　……相当わがままなことを言っているはずなのに、きょとんとしている真綾にもはや心配になる。
「まーやが鈍感だから気づいてないだけ」
　普通の女なら、愛想をつかすくらい俺は独占欲の塊だと思う。
　それなのに、真綾がこうやって何も言わないから、ますます暴走しそうだ。
「俺、まーやの周りにいるもん全部に嫉妬しそう」
　もっと、コントロールできるようにならないと……。
　いやでも、真綾が可愛すぎるのが悪い。
「わ、私も……」
「え？」
「最近、高良くんがまたモテモテになってるって聞いて……」
　言葉を濁らせている真綾。
　俺は真綾を抱きしめる腕を緩めて、真綾の顔を覗き込んだ。
「すごく、嫉妬しましたっ……」
　は……？
　真綾が……？

「……もしかして、それで姉貴たちに頼んだ……？」

　俺の言葉に、真綾は恥ずかしそうにしながら頷いた。

「あの……、高良くんのことを信頼してないわけじゃなくて……」

「……」

「私の高良くん、って……すごく、欲深いことを思いました……」

　控えめに俺の服をつまんでくる真綾。

　ギリ……と、歯を食いしばった。

「……くっそ、どこまで可愛いんだよ」

　俺は真綾の目に映るもん全部に嫉妬してるけど、まさか真綾にもそんな感情があったなんて思わなかった。

　やばい……にやける……。

「ヤキモチ焼くまーやとか可愛すぎ」

　私のとか……ダメだ、可愛いことばっか言われて、頭がバカになる。

「もう今日帰りたい、まーや連れて」

「そ、それはダメです……！」

　このまま抱えて帰ろうかと思ったけど、真綾が眉を八の字にしながら上目遣いで見つめてきた。

「記念日の日は、朝からずーっとふたりでいられますよ……？」

「……うん、我慢する」

　そんな可愛くお願いされたら、強行突破はできない。

　でも、土曜日覚えてろよ……。

　もう嫌って言われても、一日中離してやれそうにない。
「私も、我慢します」
　……せっかく我慢しようと思ったのに、また爆弾を投下されてもう限界だった。
「……あーもう何それ……無理、もう我慢できなくなった帰る」
「た、高良くん……！　ダメです……！」
　本気で連れて帰ろうとしたけど、真綾に涙目で説得されて、結局俺がしぶしぶ折れた。
　その日は終始まーやが野郎どもの視線を集めていたから、視線を払うのにも必死だった。
　せっかくメガネを克服できた真綾に、もう１回メガネをつけてというほど暴君ではないけど……これからますます真綾がモテて、俺も気が気じゃなくなりそうだ。
　……世界一可愛いまーやを、誰かに譲るつもりなんて毛頭ないけど。

いつまでも、ずっと

今日は、待ちに待った土曜日。
高良くんとの、半年記念日当日だ。
私は朝から、高良くんのお家に向かっていた。
電車に揺られながら、ここ数日間の出来事を思い出す。
メガネを外したあの日から、もう完全にメガネなしの生活になっていた。
一田さんたちがくれたメイク道具で練習しながら、校則違反にならない程度のメイクもしている。
髪も下ろしっぱなしだと重たく見えるから、ポニーテールにしていた。
周りの目が変わったかはわからないけど……一田さんから高良くんを狙っていた女の子たちがおとなしくなったと聞いて、少しだけほっとした。
直接的な効果があったとは思えないけど、少しずつ高良くんに近づけているなら嬉しい。
これからも、たくさん努力しなきゃっ……。
一番驚いたのは、岩尾くんが突撃してきたことだ。
『おいバカたま!!　お前何やってんだ……!!』
『えっ……』
『メガネ外すんじゃねーよ!!』
なんで岩尾くん、あんなに怒っていたんだろう……。
それに、その後も高良くんと口論になって……。

『お前、いい加減未練がましいんだよ、真綾に近づくなって何回言えば理解できんの？』
『……あ、諦めないって言っただろーが。お前こそ理解力ねぇのかよ……！』
『あ？　……コロス』
『た、高良くん、落ち着いて……!!』
　高良くん、殺人鬼の目になってたから……なだめるのに必死だった……。
　何はともあれ、メガネを外すことで少し成長を感じて、自分のことをまた好きになれた気がする。
　改めて思うと、高良くんと出会ってから「私なんて」と思うこともなくなった。
　恋って、すごいな……。
　ううん、きっと高良くんがすごいんだ。
　私に……いつもたくさんの勇気と自信をくれる。
　本当に、出会えてよかった……。
　私も同じくらい、高良くんにたくさんの愛情を返せたらいいな……。
　電車のアナウンスが聞こえて、高良くんのお家の最寄駅に着いた。
　高良くんが学校の近くで一人暮らしをしているから、学校と一緒の駅だ。
　手に持っている大きな箱を持ちながら、そっと駅を降りる。
　慎重に、慎重に運ばないとっ……。

箱の中身は、記念日をお祝いするホールケーキ。
料理は高良くんのお家で作らせてもらう予定だけど、ケーキだけは昨日作っておいたんだ。
「まーや！」
改札を出ると、すぐに高良くんが私を見つけてくれた。
制服ではない私服の高良くんに、新鮮な気分になる。
高良くんはデートの時、いつもカジュアルフォーマルな格好をしているけど、今日はお家デートだからか、ラフな格好をしていた。
Tシャツに黒のズボンというシンプルな服だけど、高良くんはスタイルがいいからモデルさんみたいにオシャレに見えた。
かっこいいっ……。
周りにいる人たちも、高良くんを見て目をハートにしている。
「迎えにきてくれてありがとうございます……！」
「全然。本当は家まで行きたかったし」
あはは……。
高良くんの言う通り、デートの日はいつも家まで迎えに来てくれる。
だけど、今日は高良くんのお家だったし、わざわざ来てもらうのはさすがに気が引けた。私の家は学校からそんなに近くないし、二度手間になってしまうから。
「その箱何？」
「ケーキを作りました」

サプライズにしたかったけど、さすがにこんなに大きな箱をごまかせるとは思っていなかったから、正直に伝えた。
「マジで？　めっちゃ楽しみ」
嬉しそうな高良くんが可愛くて、胸がきゅんと高鳴る。
「俺が持つから貸して」
「ありがとうございます」
高良くんは片手で箱を持って、もう片方で私の手を握った。
「早く帰っていちゃつきたい」
いちゃっ……。
いつも直球だから、私のほうが照れてしまう。
「今日は一日中まーやを独り占めする」
いたずらっ子のような笑顔を浮かべる高良くんに、たじたじだった。
ずるい……。
私ばっかり、ドキドキさせられっぱなしだ……。
ぎゅっと、高良くんにしがみつくように腕に手を回した。
「私も、高良くんを独り占めします……」
今日はずっと一緒にいられるから……。
「……」
「高良くん？」
黙り込んでしまった高良くんに、首をかしげる。
「……最近、前にも増してまーやが可愛いから、夢と現実の区別がつかなくなりそう」
えっ……？

た、高良くん、大丈夫かな……？

変なことを言っている高良くんに、本気で心配になった。

一旦家に帰ってから、少しゆっくりして、スーパーに行って夜ご飯の食材を買った。

高良くんのリクエストで、今日はハンバーグ。

「まーや、手伝えることある？」

「えっと……それじゃあ、野菜の皮むきをお願いします」

「わかった」

高良くんは手先も器用で、普段は自炊しないと言っていたけどテキパキとお手伝いをしてくれる。

ふたりで料理をするなんて、初めて。

ふふっ、楽しいな……。

「うわ、うまそう……！」

「ちょっと早いですけど……もう食べますか？」

「食う！」

目を輝かせている高良くんが子供みたいで可愛くて、笑顔が溢れた。

「うまかった……」

ご飯を食べ終わり、ふたりでソファに並んで座った。

高良くんは私の肩を抱いて、隙間がないくらいくっついている。

「高良くん、少食だと思ってました」

余るくらいたくさん作ったのに、全部平らげてしまった高良くんにびっくりした。

「まーやの飯がうますぎたから。毎日でも食べたい」

　そんなふうに言ってもらえるのは、素直に嬉しい。

　また作らせてもらおうっ……。

「まーやと結婚したら、毎日こんな生活か……」

　高良くんはそう言って、私の首筋にぐりぐりと顔をすり寄せてきた。

「天国だな」

　け、結婚……。

　たまにそういうことを言うけど、高良くんは本気で結婚のことを見据えているのかな……？

　まだまだ先の話だけど……私も、高良くんとずっといられる生活なんて、夢みたい……。

　いつか……そんな日が来るといいな……。

　私も頭を預けた時、リビングに電子音が鳴り響いた。

「あ、風呂沸いた。まーや先に入っておいで」

　ビクッと、肩が跳ねそうになる。

「は、はい」

　できるだけ不自然がられないように返事をして、浴室へと向かった。

　そういえば……わ、忘れていたけど、今日は……。

　この前、怜良さんたちから聞いた話を思い出す。

　そういう行為を、す、するのかな……。

　念の為、着替えには可愛い下着を持ってきた。一気に不安になってきて、緊張してしまう。

お風呂から出て、私と入れ替わりで高良くんが浴室に行っている間、そわそわして落ち着かなかった。

「お待たせ」

で、出てきたっ……。

「もう寝る？」

……え？

時間は夜の９時過ぎで、私はいつもならベッドに入るくらいの時間。

寝るって聞いてくれるってことは……今日は、何もしないのかな……？

ど、どうすれば、いいんだろう……。

「まーや？」

黙った私を見て、高良くんが心配そうに歩み寄ってきた。

私の隣に座って、顔を覗き込んでくる。

「……は、はいっ」

「声裏返ってるけど……どうした？　なんかあった？」

こ、このまま、何事もないように、過ごしたほうがいいのかな……。

……う、ううん。

「あの……」

私から、聞かなきゃっ……。

「高良くんは……わ、私と、そういうことがしたいですか……？」

「ん？」

「キス、以上の……」

みんな、高良くんは我慢してくれてるかもしれないって言ってた。

その可能性があるなら……本心が、知りたい。

「……は？」

これでもかと、目を大きく見開いた高良くん。

「……どうした？　まーやがそんなこと言うとか、え？」

いつになく動揺していて、私が急にこんなことを言い出して困惑しているみたいだった。

「怜良さんから……恋人同士のことを……聞き、ました」

「……あー」

納得したのか、頭を掻いた高良くん。

「あのバカ姉貴、余計なことしやがって」

「れ、怜良さんは、私たちのことを思って……」

心配して、言ってくれたんだと思うっ……。

私は世間知らずだから、怜良さんが言ってくれなかったら、ずっと気づかなかっただろうし……高良くんにも、いつもペースを合わせてもらってばかりだから。

「気にしなくていいから」

「え？」

「……まあ、したくないって言ったら嘘になるけど……」

やっぱり、我慢させてたんだ……。

高良くんは、優しい笑みを浮かべて私の頭を撫でてくれた。

「俺はまーやのこと大事にしたいから。今日もそんなつもりで泊まろうって言ったわけじゃないし。ただ、まーやと過ごしたかっただけ」
「でも……」
「それに、知らなかったんだろ？　なら、急に聞いてびっくりしただろうし……そういうのは、ゆっくりでいいから」
　高良くんの言う通り、あの話を聞いてから、不安のほうが大きかった。
　調べてみたら、初めては痛いって書いてあったし、わからないことだらけだったから。
「俺はまーやの心の準備が本当にできるまで待つ」
「……」
「だから、準備ができたら言って」
　高良くんは強引なところもあるけど、いつもこうやって私の気持ちを最優先にしてくれる。
　気持ちを汲み取って、私に合わせて隣に立ってくれる。
「高良くんは……優しすぎます」
「ん？」
「いつも私に合わせてくれて……私はそんな高良くんに、いつも甘えてばっかりで……」
　ダメな彼女だ……。
「甘えればいいだろ。俺はまーやに甘えられるのが嬉しいし、こうやって一緒にいるだけで幸せだから」
　高良くん……。
「つーか、まーやはわがまま言わなさすぎ」
　そんなことない……。
　高良くんにはわがままを言っていると思うし、たくさん甘えてる。

私がこんなふうに甘えられるのは、高良くんだけだから。

「もっと甘えろって。俺、甘やかしたりないんだけど」

そんなふうに言われたら、もっと欲張りになってしまいそう……。

「ぎゅって、してください……」

「……そんな可愛いわがままあんのかよ」

高良くんは何かを堪えるように難しい顔をした後、強く抱きしめてくれた。

高良くんの腕の中は、いつだって私に安心感をくれる。

感じていた不安が、少しずつ薄れていった。

「高良くん、やっぱり……」

「ん？」

「私、もっと高良くんに近づきたいです」

高良くんが、その、したいって……思ってくれているなら……。

「高良くんがもし我慢してるなら……そんなの、必要ありませんっ……」

私も、もっと深い関係になりたい……。

「まー、や……」

「全部、高良くんのものにしてほしい……」

自分がこんな大胆なことを言う日が来るなんて、思いもしなかった。

もう付き合って半年になるけど、高良くんといると初めての自分に出会ってばかり。

「……まーやって、そういう時だけ敬語外れるよな」

　ぎゅっと、さっき以上に抱きしめる腕に力を込めた高良くん。

「本気でズルい」

　ズ、ズルい……？

　いっつもドキドキさせられてるのは私のほうだから、ズルいのは高良くんのほうだと思うっ……。

「本当に、いいの？」

　確認するように、そう問いかけられた。

「は、はい」

「……少しでも嫌だと思ったら拒んで」

　優しい高良くんに、首を横に振る。

「拒みませんっ……」

　嫌なはず、ない……。

　私も……高良くんが、大好きだからっ……。

「あの、だけど……私、全然知識がなくって……何をしていいのか……」

　正直そう伝えると、高良くんはくすっと笑った。

「ご、ごめんなさい」

「違う違う。可愛いなって思っただけ。……真綾は何もしなくていいよ」

　高良くんはそう言って、私を抱きしめたまま立ち上がった。

「俺のこと受け入れてくれるだけで十分」

　大きな体に抱きかかえられて、ベッドに移動する。

ふかふかのベッドに、体が沈んでいく。目の前の高良くんの姿に、心臓は壊れるくらいドキドキしてた。

恥ずかしいのに、熱い視線で私を見る高良くんから目が逸らせない。

「キス、していい？」

普段はわざわざ聞いてこないのに、どうして今聞くんだろうっ……。

恥ずかしいけど、今日は高良くんの誕生日だから……私もできるだけ素直になりたい。

「して、くださいっ……」

そう言うと、高良くんが喉を鳴らした。

「まーやからねだられるとか、頭おかしくなりそう」

言葉通り、高良くんの表情から余裕がなくなった気がした。

「理性飛びそうだから、あんま煽んないで」

高良くんの唇が、私のそれを塞いだ。

熱くて甘くて、キスだけでおかしくなりそう。

何度も何度もキスをされて、酸欠からか頭がくらくらしてくる。

「も、もう、十分ですっ……」

「……足りない。もっと愛させろ」

いつもより口調が荒っぽくて、本当に余裕がないんだと気づいた。

苦しいけど、私に余裕をなくしてくれているのが、嬉しい。

「まーやが可愛すぎて、どんだけ愛しても足りない」
　ゆっくりと唇を離した高良くんは……私のことを、優しく抱きしめてくれた。
「そろそろ限界。俺、もうどうにかなりそうなんだって」
　そう話す高良くんは言葉通り余裕がなさそうで、今はそれが嬉しかった。
　いつもクールな高良くんが、私を前にしてこうなってくれていることに、安心さえ覚える。
「最後に聞くけど、本当に……いいのか？」
　改めて聞かれると恥ずかしくて、私は返事の代わりに、そっと背中に腕を回した。

「ん……」
　くすぐったさを感じて、目を開ける。
「あ……ごめん、起こした？」
　真っ先に視界に飛び込んできたのは、どアップの高良くんの顔だった。
　驚いて、勢いよく飛び起きる。
「な、何をしてたんですかっ……!?」
　さっきのくすぐったいのは、一体っ……。
「ん？　まーやの寝顔が可愛いから、キスしてた」
　そう言って、いたずらっ子のように笑った高良くん。
　ね、寝顔なんて、絶対に可愛くないのにっ……。
「お、起きてる時に、してほしいです……」
　言ってから、自分の発言に驚いた。

わ、私、何言ってっ……。

「そんな可愛いこと言う元気残ってたんだ」

「……っ」

高良くんの発言に、さっきの記憶が蘇る。

そうだ……私、高良くんと……。

もう恥ずかしくて、必死で……よく覚えていないけれど……少しだけ痛みが残ってる。

「体キツくない？　平気？」

いたわるように私の頭を撫でてくれる高良くんに、笑顔で頷いた。

少しだけ痛いけど、全然平気。

なんていうか……言葉にできないけど、この痛みがかけがえのないものに思えた。

「平気です」

まだ外は暗くて、夜の中。

眠気は残っていて、高良くんに寄り添いながら目をつむる。

好きな人の腕の中で眠るのが……こんなに幸せなんて知らなかった。

今日もまた、新しい感情を知る。

「高良くん」

「ん？」

「……大好きです」

いつもなら恥ずかしくてためらうような言葉が、自然と口からこぼれていた。

どうしても言いたくなったから。

高良くんは一瞬目を見開いてから、何やら眉間にシワを寄せた。

「今日はもう可愛いの禁止だって。もう無理させたくないし」

か、可愛いの……？　そんなことしてないのにっ……。

ぎゅうっと、強く抱きしめられた。

「俺も好き。……愛してる」

耳元で囁かれた言葉に、胸がいっぱいになる。

何度言われたって、高良くんからの愛の言葉は、いつだって私を幸せにしてくれるから。

「これからもずっと、真綾のこと愛させて」

そう言って、おでこにキスをしてくれた高良くん。

私も……これからもずっと、ずっと……高良くんだけのことを愛させてほしい。

そう願いを込めて、今度は私からキスをした。

高良くん……世界で一番、大好きっ……。

そのあと再び高良くんに押し倒されたのは、また別のお話――。

【END】

あとがき

☆ afterword

　このたびは、数ある書籍の中から『溺愛したりない。～イケメン不良くんの容赦ない愛し方～』を手に取ってくださり、ありがとうございます！
　ちょっとやんちゃな金髪男子高良くんと真面目で優しい真綾ちゃんの恋物語、楽しんでいただけましたでしょうか？
　読み切り作品は2020年12月以来だったので、１冊に全てを込められるよう私なりに溺愛要素を詰め込みました！

　本作は、ヒーローの高良くんが自作品の中では珍しい肉食男子だったこともあり、必然的にドキドキシーンも増えていた気がします。
　とくにいつもの書き下ろし作品では、後半でようやくキスシーンというのも珍しくはなかったので、冒頭からのキスシーンに「高良くん大丈夫？」と一抹の不安を覚えました……！（笑）
　とにかく高良くんが勝手に動き回るので、当初予定していた内容から変更になることも多々あり、それが逆に新鮮で楽しかったです！　こんなにも言うことを聞いてくれなかったヒーローは初めてです……！（笑）
　対照的に、真綾ちゃんはすごくいい子で、とにかく書きやすかったです！　まるで高良くんとのバランスを取るように立ち回ってくれていて、何度も助けられました……！
　最後には友達もでき、メガネから卒業することもできた真綾ちゃんの成長を描くことができて、私自身も成長したような気持ちを味わわせてもらえました！
　今も高良くんにたくさん愛されて、幸せな毎日を送っていると思います！
　岩尾くんについては、嫌悪感を抱いてしまった方もいらっしゃると思いますが、これからの成長に期待していただけると嬉しいです……！
　彼の真綾ちゃんへの気持ちは本物なので、きっと、これからは本当の意味でかっこいい男の子になってくれると思います！　頑張れ岩尾くん！
　最後に、本書に携わってくださった方々へのお礼を述べさせてください！
　素敵なイラストをありがとうございます、漫画家の朝海たいこ先生！
　本作を手に取ってくださった読者様。いつも温かく応援してくださるファンの方々！
　本書の書籍化に携わってくださった全ての方々に、心より感謝申し上げます!
　改めてここまで読んでくださり、ありがとうございます！
　またどこかでお会いできることを願っております！

2022年3月25日　＊あいら＊

作・＊あいら＊

ハッピーエンドを専門に執筆活動をしている。2010年8月『極上♥恋愛主義』が書籍化され、ケータイ小説史上最年少作家として話題に。ケータイ小説文庫のシリーズ作品では、『溺愛120%の恋♡』シリーズ（全6巻）、『総長さま、溺愛中につき。』（全4巻）に引き続き、『極上男子は、地味子を奪いたい。』（全6巻）も大ヒット。野いちごジュニア文庫でも、胸キュンしたい読者に多くの反響を得ている。ケータイ小説サイト「野いちご」で執筆活動中。

絵・朝海たいこ（あさみ　たいこ）

2005年集英社「りぼん」でデビュー。以降、「りぼん」で活躍中。高知県出身。趣味は散歩。好きな食べ物はおにぎり。

ファンレターのあて先

〒104-0031

東京都中央区京橋1-3-1

八重洲口大栄ビル7F

スターツ出版（株）書籍編集部 気付

＊あいら＊先生

溺愛したりない。

〜イケメン不良くんの容赦ない愛し方〜

2022年3月25日　初版第1刷発行

著　者　＊あいら＊

発行人　菊地修一

デザイン　カバー　Scotch Design
フォーマット　黒門ビリー&フラミンゴスタジオ

ＤＴＰ　久保田祐子

編　集　長井 泉

編集協力　ミケハラ編集室

発行所　スターツ出版株式会社
〒104-0031 東京都中央区京橋1-3-1　八重洲口大栄ビル7F
出版マーケティンググループ　TEL03-6202-0386
(ご注文等に関するお問い合わせ)
https://starts-pub.jp/

印刷所　共同印刷株式会社

Printed in Japan

ISBN　978-4-8137-1239-8　C0193